MÉMOIRES
D'UN VOYAGEUR
QUI SE REPOSE.

TOME III.

MÉMOIRES
D'UN VOYAGEUR
QUI SE REPOSE.

DUTENSIANA.

TOME III.

PARIS,

CHEZ BOSSANGE, MASSON ET BESSON,

IMPRIMEURS-LIBRAIRES, RUE DE TOURNON, N°. 6.

1806.

DUTENSIANA.

1. **F**LORIMONT, maréchal de Mercy, né en 1666, et tué à la bataille de Parme en 1734, étoit petit-fils du général Mercy, tué à la bataille de Nordlingue en Souabe le 10 août 1645 (1), et fils du baron de Mercy. Celui-ci avoit épousé Christine d'Alamont, fille unique, et héritière des grands biens de Florimont d'Alamont, et d'Anne Marguerite d'Argenteau. Le maréchal de Mercy avoit obtenu de l'empereur François Ier. duc de Lorraine, que la terre de Mercy, qu'il possédoit en Lorraine, seroit érigée pour lui en Comté; l'Empereur y ajouta d'autres fiefs, à condition que, si le Maréchal mouroit sans enfans, cette terre seroit dévolue aux ducs de Lorraine. Le Maréchal étant mort sans enfans, laissa tous ses biens en Hongrie à son cousin, le comte d'Argenteau, père de l'Ambassadeur, à condition de prendre son nom et ses armes; ce qui fit qu'il racheta du duc de Lorraine la terre de Mercy, et prit le nom de comte

(1) On mit sur son tombeau ces mots : *Sisto, viator, Heroëm calcas.* Le prince de Condé gagna la bataille de Nordlingue.

de Mercy. La maison d'Argenteau est du Limbourg. Le comte de Mercy, ambassadeur à Paris, est mort à Londres en 1794, le 25 août.

2. Le chevalier Raleigh, dans son *Histoire du Monde*, (Londres, 1736, *in-fol.* pag. 46) dit : « J'ai connu la vieille comtesse » de Desmond d'Inchiquim, province de » Munster, qui vivoit l'année 1589 et long- » tems après. Elle épousa le comte de Des- » mond pendant le règne d'Edouard IV » (1461 — 1483), et a reçu son douaire de » tous les comtes de Desmond depuis ce » tems-là ; toute la Noblesse de la province » de Munster peut témoigner la vérité de » ce fait. »

Le chevalier Temple, d'après l'autorité de Robert comte de Leicester, dit : « Que » la comtesse de Desmond est morte à 140 » ans, fort avant dans le règne de Jac- » ques Ier., mort en 1625. » Elle jouissoit d'une très-bonne santé.

Il est étonnant que M. Horace Walpole (depuis lord Orford), en alléguant le témoignage de la comtesse de Desmond sur Richard III, dans ses *Doutes historiques*, n'ait pas appuyé ce qu'il en dit, en citant au long les passages que je viens de rapporter.

3. *Le mieux apparent qu'on cherche détruit le bien réel dont on jouit*, dit Mirabeau. Gresset, dans le *Méchant*, a exprimé très-bien la même pensée sur un différent sujet : *L'esprit qu'on veut avoir gâte l'esprit qu'on a.*

4. L'Evêque de Landaff (*Apologie du Christianisme*, page 84, cinquième édition) dit : Que le docteur Smith lui avoit raconté, que causant un jour avec le chevalier Isaac Newton, dans le tems qu'il écrivoit ses Commentaires sur Daniel, ce célèbre philosophe lui avoit dit : *Je trouve plus de marques d'authenticité dans les livres de la Bible que dans aucune histoire profane quelconque.* Le docteur Smith étoit *Master of Trinity College, Cambridge.*

5. Jacques quatrième lord Hamilton, et second comte d'Arran, tuteur de Marie

reine d'Ecosse, fut en 1548 créé duc de
Châtelleraut par Henri II, roi de France,
mais seulement Duc à brevet, et sans *la
Pairie*. Il avoit deux fils, dont le premier
continua la ligne des lords Hamilton, et
le second commença celle des lords Abercorn. — Le second duc d'Hamilton, qui
mourut en 1651, n'ayant point laissé d'enfant mâle, la fille de son frère hérita des
titres Ecossois; mais selon les lois de France
et les termes de la patente, elle ne pouvoit
pas transmettre le titre de duc de Châtelleraut à Douglas comte de Selkirk, qui, en
l'épousant, prit le nom d'Hamilton, et fut
ensuite créé duc d'Hamilton en 1661. —
Lord Abercorn, descendant directement
de la ligne mâle de Jacques quatrième lord
Hamilton, comte d'Arran, auroit donc sans
doute un meilleur titre à se croire duc de
Châtelleraut que le duc d'Hamilton, si la
Cour de France n'avoit pas jugé que ce titre
étoit retourné à la Couronne; et la preuve
qu'on l'a cru ainsi, est que les rois de
France, depuis ce tems-là, ont souvent
accordé ce titre à plusieurs familles, et la
dernière fois, ce fut en 1730, au duc de la
Trémouille, qui en jouit encore. La pre-

mière réversion du titre de duc de Châtelleraut à la couronne de France fut en 1570,
lorsque le comte d'Arran fut disgracié en
Ecosse, et privé de ses titres et de ses biens.
Trois ans après, Charles IX, roi de France,
donna ce titre à Diane, fille naturelle
d'Henri II. Après sa mort, il passa, comme
restitution, aux héritiers de *Bourbon-Mont-
pensier*, en 1583, fondé sur ce qu'il avoit
appartenu au connétable de Bourbon, quoique confisqué en 1524. Mademoiselle de
Montpensier en fit la donation, le 17 décembre 1670, au duc de Lauzun qu'elle
devoit épouser; mais le mariage n'ayant pas
eu lieu, la donation fut annullée. A l'extinc-
tion de la branche de Bourbon-Montpen-
sier, par la mort de Mademoiselle en
1693, ce titre retourna au domaine, et y
resta jusqu'en 1730, qu'il fut donné au
duc de la Trémouille.

6. L'ouvrage de M. Burke, intitulé *Réflexions sur l'Etat de la France en* 1790,
est la plus belle production de son génie,
et lui a mérité de grands éloges; c'est le
livre le plus éloquent qui soit écrit en anglois. C'est dommage qu'il ait été aussi mal

traduit en françois qu'il le fut alors : cela
prévint l'effet qu'il auroit dû faire à Paris.
Afin de donner à quelques Dames françoises
une idée du style de M. Burke, je traduisis
le portrait qu'il faisoit de la reine de France,
et cette traduction fut communiquée à
cette princesse par madame la duchesse de
Fitz-James : le voici.

7............ On m'assure que cette grande
Princesse, également l'objet de ce triomphe
(6 octobre 1789), a soutenu cette journée,
qu'elle continue à soutenir les suivantes ;
qu'elle soutient la captivité de son mari,
la sienne propre, l'exil de ses amis, la flat-
terie insultante des adresses, et tout le
poids accumulé de ses malheurs, avec une
patience sereine, d'une manière convenable
à son rang, à sa naissance, digne de la fille
d'une Souveraine distinguée par son courage et ses vertus ; que, comme sa mère,
elle a des sentimens élevés ; qu'elle paroît
sentir avec toute la dignité d'une Romaine,
que, dans la dernière extrémité, elle saura
éviter la dernière disgrâce, et que, s'il faut
qu'elle tombe, elle ne tombera pas par une
main ignoble. — Il y a seize ou dix-sept ans

que je vis la reine de France à Versailles,
alors madame la Dauphine, et sûrement
jamais image plus ravissante n'est apparue
sur cette terre, qu'elle paroissoit à peine
toucher. Je la vis rayonner dans l'horizon,
ornant et animant la sphère élevée dans
laquelle elle commençoit à se mouvoir;
brillante comme l'étoile du matin, pleine
de vie, de splendeur et de charmes. Oh!
quelle révolution! quel cœur pourroit
contempler sans émotion cette élévation
et cette chute? Qui l'eût dit, quand tout
en elle inspiroit le respect, l'enthousiasme,
et cet amour qui tient de l'adoration, qu'il
viendroit un tems où elle seroit obligée de
cacher dans son sein un antidote doulou-
reux (1), pour se soustraire à l'opprobre?
Qui eût pu croire alors qu'elle seroit un
jour exposée à des scènes aussi désastreu-
ses, au milieu d'une nation brave et géné-
reuse, d'une nation d'hommes d'honneur
et de chevaliers? J'aurois cru que dix mille
épées se seroient élancées des fourreaux,
pour punir le moindre regard qui eût eu
l'air d'une insulte; mais le tems de la che-

_____

(1) La Reine s'étoit munie d'un poignard.

valérie n'est plus; celui des sophistes, des économistes, des calculateurs, est venu, et la gloire de l'Europe est éteinte.

8. Voici encore un passage tiré du même livre qui présente une belle image; il parle des sociétés de *Jacobins* Anglois qui s'étoient formées à Londres :

La vanité, la pétulance et l'esprit d'intrigue de plusieurs petites cabales, qui tâchent de couvrir leur peu d'importance par le tracas, le bruit, la jactance, et un échange mutuel de louanges, vous porte peut-être à prendre le mépris tranquille que nous avons de leur capacité pour une approbation générale de leurs opinions; il n'en est rien, je vous assure. Parce que quelques sauterelles, cachées sous l'herbe, font retentir l'air de leurs cris importuns; pendant que des troupeaux nombreux de riche bétail, se reposant à l'ombre du chêne anglois, ruminent en silence; n'allez pas vous imaginer que ceux qui font le bruit sont les vrais habitans des prairies, où qu'ils sont en grand nombre, quand ce ne sont en effet que de vils et chétifs insectes, sautillans, incommodes et fâcheux par leur bruit, il est vrai, mais heureusement de courte durée.

9. La branche des Guelfes, en Allemagne, s'éteignit en Guelfe III, mort sans enfans en 1055. — Son père Guelfe II, mort en 1047, avoit donné sa fille Cunégonde en mariage à Azo II, marquis d'Este, maître alors de la Lombardie intérieure, depuis les États de Gênes jusqu'à la mer Adriatique. — Cet Azo II, mort aussi en 1055, eut trois fils : l'aîné fut nommé Guelfe, d'après son grand-père; c'étoit un Italien avec un nom allemand. A la mort de son oncle Guelfe III, il hérita par sa mère des États de Bavière : c'est de lui que vient la Maison de Brunswick. — Le second fils d'Azo II fut Bertholde, qui épousa Sophie de Carinthie, et par elle devint héritier des duchés de Carinthie et de Zaringue. Leur fils fut ce fameux Rénauld, le héros du Tasse, qui vécut jusqu'à l'âge de cent ans. — Le troisième fils d'Azo II fut marquis d'Este, et est la souche de la Maison d'Este de Modène. — Les partis des Guelfes et des Gibelins se sont élevés au commencement du treizième siècle : les

premiers étoient pour les Papes, les seconds
pour les Empereurs. — On donne encore
une différente origine à cette querelle,
mais celle-ci est la plus probable. — Tant
que cette querelle dura, les *Ursini* étoient
à la tête des Guelfes, et les *Colonna* à la
tête des Gibelins. — Le Dante, qui a tant
parlé des Guelfes et des Gibelins, étoit né
en 1265, et mourut en 1321.

10. Les hommes *aiment* la bonté, parce
qu'ils en ont besoin.

Ils *haïssent* les vertus opposées à leurs
vices.

Ils *admirent* les talens auxquels ils ne
peuvent arriver.

11. Long-tems avant que l'on eût agité
en France la question de savoir si l'homme
étoit né libre, un auteur anglois, *Soame
Jenyns*, l'avoit décidée d'une manière assez
plaisante. — Il est faux, dit-il, que tous
les hommes naissent libres; la première
infraction de cette liberté, est leur naissance même, à laquelle ils sont assujettis

sans leur consentement, ou celui de leurs représentans. Il est aisé de prouver que l'homme, par sa nature, n'est jamais un être indépendant et libre, depuis le premier jusqu'au dernier moment de sa résidence sur ce globe terrestre. Pendant les neuf premiers mois de son existence, il est confiné dans une prison étroite et obscure, et privé d'air et de lumière, jusqu'à ce qu'enfin, à peine tiré de son cachot par les soins d'un libérateur officieux, on le lie pieds et mains, et on le met au pain, à l'eau et au lait pendant quelque tems. A peine est-il débarrassé de ses liens qu'il fait un si mauvais usage de sa liberté, que l'on juge nécessaire de le livrer à la discipline la plus rigoureuse ; d'abord sous une gouvernante, puis sous un maître d'école, tous deux tyrans dans leurs départemens respectifs. Par eux il est encore retenu sans l'autorité de la loi, condamné sans juré, et fouetté sans miséricorde. Dans cet état d'esclavage il avance plusieurs années, à l'expiration desquelles il est obligé, bon gré malgré, de se reconnoître sujet d'un gouvernement civil, et de se soumettre à son autorité, en dépit des efforts ingénieux qu'il peut faire pour lui contester ses droits, et quoiqu'il risque d'être pendu avec justice s'il ose désobéir à ses lois.

12. Le hasard est l'enchaînement des effets, dont nous n'apercevons pas les causes.

13. En 1758, l'empereur François Ier. fit une chasse sur les terres du prince Collo-redo en Bohême, qui dura dix-huit jours. Il y avoit vingt-trois chasseurs, dont trois Dames. Il y eut 47,950 pièces de gibier et bêtes fauves tuées, dont 19 cerfs, 77 che-vreuils, 10 renards, 18,243 lièvres, 19,545 perdrix, 9,499 faisans, 114 alouettes, 353 cailles, 54 oiseaux différens. L'empe-reur tira 9 789 coups ; la princesse Char-lotte de Lorraine, sa sœur, 9010. Il y eut en tout 116,209 coups tirés. On tint regis-tre de tout (1).

---

(1) Quand le roi de Naples fut en Allemagne vers l'an 1792, on dit, dans les gazettes allemandes, qne, dans les différentes chasses qu'il avoit faites en Autriche, en Bohême et en Mora-vie, il avoit tué 5 ours, 1,820 sangliers, 1,968 cerfs, 13 loups, 354 renards, 15,350 faisans, 1,121 lapins, 16,354 lièvres, 1,625 chèvres, 1,145 chevreuils, 12,435 perdrix.

14. Ninon de l'Enclos définissoit l'amour une sensation plutôt qu'un sentiment; un goût aveugle, purement sensuel; une illusion passagère, que le plaisir fait naître, que la société détruit, et qui ne suppose aucun mérite ni dans celui qui le prend, ni dans celui qui le donne : elle disoit que c'étoit l'ivresse de la raison. Leibnitz le définissoit une affection, qui nous fait trouver du plaisir dans les perfections de ce que nous aimons.

15. Dans les événemens qui te chagrinent, dit *Marc-Aurèle*, ressouviens-toi que, loin que l'accident qui t'arrive soit un malheur pour toi, ta constance à le supporter t'en fera retirer un avantage certain.

16. Spinosa ne reconnoissoit qu'une seule substance dans le monde, dont il disoit que les âmes individuelles n'étoient que des modifications passagères. Les Stoïciens supposoient une âme universelle qui étoit, selon eux, l'océan de toutes les âmes particulières.

17. La plupart des personnes ne distinguent jamais leur autorité de la raison, ne

considérant pas que si les autres ne sont pas de leur sentiment, ils ne sont pas aussi du sentiment des autres (1) : tout cela naît de cet orgueil qui fait prendre à chacun pour principe qu'il a raison. Cet orgueil est sur-tout le partage des ignorans ; ce qui a fait dire sans doute à madame Deshoulières, de quelqu'un qui étoit dans ce cas, Il est tout orgueilleux d'être ignorant. Le contraire de ceux-ci étoit Socrate, qui, après avoir étudié tout ce que les hommes de son tems pouvoient savoir, en étoit venu au point d'avouer qu'il ne savoit rien ; ce que Pascal appeloit une *ignorance savante*, qui se connoît.

18. Voici une des plus belles strophes qui se trouve dans la poésie françoise : Voltaire fut forcé de l'admirer, même après qu'on lui eut dit qu'elle étoit de M. Le Franc de Pompignan : il s'agit des

---

(1) Milord P. disoit que j'étois opiniâtre, parce que je soutenois contre lui l'existence de Dieu. Dans l'édition que j'ai donnée des *Œuvres de Leibnitz*, j'ai publié plusieurs de ses lettres à Muratori ; malgré cela, quelqu'un me soutenoit qu'ils n'avoient pas été contemporains, et j'étois un opiniâtre pour avancer l'affirmative.

athées, qui nient l'existence de Dieu, dans le tems où ils jouissent de ses bienfaits :

> Le Nil a vu sur ses rivages
> De noirs habitans des déserts
> Insulter par leurs cris sauvages
> L'astre éclatant de l'univers :
> Cris impuissans, fureurs bizarres !
> Tandis que ces monstres barbares
> Poussoient d'insolentes clameurs,
> Le Dieu, poursuivant sa carrière,
> Versoit des torrens de lumière
> Sur ces obscurs blasphémateurs.

19. Il y a plus de bien moral dans le monde que de mal ; il peut y avoir plus d'hommes méchans que de bons, parce qu'une seule mauvaise action suffit pour qualifier un homme de méchant; mais, d'un autre côté, ceux qu'on appelle méchans font souvent dans leur vie dix bonnes actions pour une mauvaise. D'ailleurs on parle beaucoup plus d'un grand crime, comme d'un meurtre, que de cent bonnes actions, qui ne font point de bruit dans le monde ; et cela même prouve que les premières sont beaucoup plus rares que les dernières.

20. Tous les êtres créés sont nécessairement finis et imparfaits, Dieu ne pouvant

créer d'être semblable à lui-même : le mal qui résulte de là est donc essentiel. Cela prouve aussi que le mal, dans le physique, aussi bien que dans le moral, n'est pas positif; c'est une privation, un défaut attaché à la nature des êtres créés.

21. L'esprit étant le lieu des idées et les contenant, il s'ensuit nécessairement que l'idée que l'on veut se former de l'esprit, ne puisse jamais être l'idée de l'esprit ; lequel, devant comprendre cette idée, ne peut pas être en même tems le contenant et le contenu. L'esprit et l'âme sont synonymes à cet égard.

22. La langue Italienne est de toutes les langues vivantes, celle qui a existé le plus long-tems dans sa pureté. On trouve dans le *Dante*, qui écrivoit, il y a 500 ans, des morceaux d'une douceur et d'une élégance égales à ce qu'ont produit les meilleurs écrivains de ce siècle : en voici un exemple : il parle ici de sa maîtresse :

Ella è quanto di ben puó far natura,
Per esempio di lei Belta si pruova.
. . . .
. . . . . . Di costei si può dire

Gentile in Donna ciò che in lei si truovà,
E bello è tanto quanto lei somiglia.
E puossi dire che il suo aspetto giova
A consentir ciò che par maraviglia,
Onde la nostra fede è ajutata.

Le Dante est mort en 1321. Pétrarque est né en 1304. Supposé qu'il ait chanté Laure à 23 ans, il y a environ 480 ans qu'il écrivit les vers suivans.

Luci beate et liete,
Se non che il veder voi stesse v'è tolto,
Ma quante volte à me vi rivolgete,
Conoscete in altrui quel che voi siete.
Ne mai stato gioioso
Amor, o la volubil fortuna
Dieder' à chi più fur nel mondo amici,
Ch'i nol cangiassi ad una
Rivolta d'occhi.

Vaghe faville, angeliche, beatrici
De la mia vita, ove il piacer s'accende;
Cosi vedess' io fiso
Com' amor dolcemente gli governa!
Sol un giorno d'apresso,
Senza volgersi mai ruota superna;
Ne pensassi d'altrui, ne di me stesso,
E'l batter gli occhi miei non fosse spesso.

23. Les grands Seigneurs ne sont pas mal dépeints dans la pièce de l'abbé Régnier

Desmarêts, mort en 1718 à 81 ans. On y trouve cette jolie métaphore :

> Ce sont des ballons, que le sort
> Pousse en l'air, ou plus ou moins fort,
> Et dont il joue à sa manière ;
> Des globes de savon et d'eau,
> Que pousse au bout d'un chalumeau
> D'un enfant l'haleine légère ;
> Chaque globe est plus ou moins grand :
> Mais tous ne sont pleins que de vent.

> *Dulcis inexpertis cultura potentis amici,*
> *Expertus metuit.* . . . . .
> 　　　　HORATIUS, Lib. I. Epist. v. 18.

24. Il est assez curieux de considérer combien de grandes familles ont été élevées, affermies, ou enrichies, pour avoir eu des Papes sur le trône. En voici un relevé que j'ai fait :

Fieschi.	Innocent IV. . .	1243
Visconti.	Grégoire X. . .	1271
Gaetano.	Nicolas III. . . .	1277
Colonna.	Martin V. . . .	1417
Piccolomini. . . {	Pius II.	1458
	Æneas Silvius. .	1471
* Borgia.	Alexandre VI. .	1492

Medici. . . . . . ⎰Leon X. 1513
⎱Clément VIII. . 1523
⎩Léon XI. . . . 1605

* Florent. . . . . . . Adrien IV. . . 1522
* Del Monte. . . . Jules III. 1550
 Caraffa. . . . . . . Paul IV. 1555
 Ghisleri. . . . . Pie V. 1566
 Buoncompagni. . Grégoire XIII. . 1572
* Peretti Montalte. Sixte V. 1585
* Castagna. . . . . Urbain VII. . . 1590
 Sfondrate. . . . . Grégoire XIV. . 1590
 Facchinetti. . . . Innocent IX. . . 1591
 Aldovrandini. . . Clément VIII. . 1592
 Borghèse. . . . . Paul V. 1605
 Ludovisi. . . . . Grégoire XV. . 1621
 Barberini. . . . . Urbain VIII. . . 1623
 Pamfili. . . . . . Innocent X. . . 1644
 Chigi. . . . . . . Alexandre VII. 1655
 Rospigliosi. . . . Clément IX. . . 1667
 Altieri. . . . . . Clément X. . . 1670
 Odescalchi. . . . Innocent XI. . . 1676
 Ottoboni. . . . . Alexandre VIII. 1689
 Pignatelli. . . . . Innocent XII. . 1691
 Albani. . . . . . Clément XI. . . 1700
 Conti. . . . . . . Innocent XIII. . 1721
 Orfini. . . . . . Benoît XIII. . . 1724
 Corsini. . . . . . Clément XII. . . 1730

Lambertini. . . . Benoît XIV. . . 1740
Rezzonico. . . . Clément XIII. . 1758
* Ganganelli. . . . Clément XIV. . 1769
Braschi. . . . . . Pie VI. 1775

Toutes ces familles, excepté celles qui sont marquées d'un astérisque, sont encore à présent distinguées et puissantes. Les seuls *Colonna* étoient de très-grands Seigneurs avant d'avoir eu un Pape de leur nom. La plus grande partie des autres, dont je viens de donner la liste, doivent entièrement leur élévation et leurs richesses au népotisme.

25. Je ne connois pas de comédie mieux versifiée que *Le Méchant* de Gresset; il excelle sur-tout à peindre vivement le ridicule. Le tableau qu'il fait de la ville de Paris est admirable. *Cléon*, le héros de la pièce, veut tromper *Florise*, qui craint que son goût pour la capitale lui fasse quitter la campagne. Il lui dit :

. . . . . Paris ! il m'ennuie à la mort ;
Et je ne vous fais pas un fort grand sacrifice
En m'éloignant d'un monde à qui je rends justice.
Tout ce qu'on est forcé de voir et d'endurer
Passe bien l'agrément qu'on peut y rencontrer

Trouver à chaque pas des gens insupportables,
Des flatteurs, des valets, des plaisans détestables.
Des jeunes gens d'un ton ! d'une stupidité ! ....
Des femmes d'un caprice et d'une fausseté ! ....
Des prétendus esprits souffrir la suffisance ;
Et la grosse gaieté de l'épaisse opulence ;
Tant de petits talens où je n'ai pas de foi,
Des réputations, on ne sait pas pourquoi ;
Des protégés si bas ! des protecteurs si bêtes !
Des ouvrages vantés, qui n'ont ni pieds ni têtes !
Faire des soupers fins où l'on périt d'ennui ;
Veiller par air, enfin se tuer pour autrui ;
Franchement des plaisirs, des biens de cette sorte
Ne sont pas, quand on pense, une chaine bien forte.

Je suis tenté, parbleu, d'écrire mes mémoires ;
J'ai des traits merveilleux, mille bonnes histoires,
Qu'on veut cacher. . . .

FLORISE.

Cela sera délicieux.

CLÉON.

Oh ! fiez-vous à moi ; je veux les célébrer
Si bien, que de six mois ils n'osent se montrer.
Ce n'est pas sur leurs mœurs que je veux qu'on en cause ;
Un vice, un déshonneur, font assez peu de chose ;
Tout cela dans le monde est oublié bientôt :
Un ridicule reste, et c'est ce qu'il leur faut.
Qu'en dites-vous ? Cela peut faire un bruit du diable :
Une brochure unique, un ouvrage admirable,
Bien scandaleux, bien bon, le style n'y fait rien,
Pourvu qu'il soit méchant, il sera toujours bien.

Il y a plusieurs tirades de cet agrément dans la comédie du *Méchant*, et beaucoup de ces vers qui se retiennent et se citent, comme :

Les sots sont ici-bas pour nos menus plaisirs. . . .
L'esprit qu'on veut avoir, gâte celui qu'on a.

26. J'ai connu un grand Seigneur de Rome qui, ayant reçu un soufflet dans la rue, fut sur-le-champ s'en plaindre au Gouverneur de la ville. Le Gouverneur, qui est toujours un ecclésiastique, mais qui n'étoit pas Romain, ne put s'empêcher de lui dire qu'il étoit surpris d'en apprendre la première nouvelle par lui-même.

27. C'est à-peu-près de même à Venise. Un étranger ayant donné un soufflet à un Noble vénitien, lui offrit de lui donner satisfaction, l'épée à la main ; le Noble Vénitien lui répondit froidement : *O ! quà non usemo. — Ce n'est pas l'usage ici.*

28. On demandoit à un grand nigaud d'Irlandois, quel âge il avoit : « Je n'ai » que vingt-six ans, » répondit-il ; « mais » je devrois en avoir vingt-sept, car ma

» mère fit une fausse couche l'année avant
» ma naissance. ».

29. Un François roturier fit appeler le duc de Lauragais en duel ; tous deux étoient alors en Angleterre. Le Duc fit dire au roturier, que *pour se battre avec Arlequin il falloit être Scapin.*

30. Beaumarchais m'a raconté qu'il avoit un domestique assez sujet à s'enivrer : le voyant entrer un matin dans sa chambre en chancelant, « Comment, Maraut? » lui dit-il, « déjà ivre de si bon matin ! » « Par- » donnez-moi, Monsieur, c'est d'hier, » dit le valet.

31. Foote étoit très-heureux en réparties. Lord Sandwich lui disant un jour, « Foote, » vous courez risque de mourir un jour » d'un mal honteux, ou d'être pendu. — » Milord, répliqua Foote, c'est selon que » j'embrasserai votre maîtresse ou vos prin- » cipes. »

32. La cour de Vienne est la plus brillante et la mieux composée qu'il y ait en

Europe. J'y ai vu plusieurs Princes souverains, des frères de Rois et d'Electeurs au service de l'Empereur, sans compter plusieurs grands Seigneurs, comme les princes de Lichtenstein, Esterhazy, Colloredo, d'Ausberg et autres, qui, par leur rang et leurs richesses, sont les plus grands sujets qu'aucun autre Souverain puisse compter parmi ses courtisans. La société y est extrêmement amusante et très-propre à former un jeune homme. Pendant un an que j'y ai été, j'ai remarqué que les jeunes Anglois y perdoient leur air gauche, et les jeunes François leur fatuité : c'est que les femmes y sont aimables, spirituelles et bonnes. Avec ces qualités elles ne peuvent manquer de plaire ; elles veulent bien prendre la peine de corriger ces défauts naturels aux jeunes gens, et le font de manière à ne pas les rebuter.

33. Toutes les difficultés élevées au sujet des décrets de Dieu et de sa prescience, que l'on prétend devoir nécessiter nos actions, ne viennent que de l'abus des mots, lesquels, employés pour accommoder les choses à notre portée, sont appliqués à Dieu

dans le sens que nous les appliquons à nous-mêmes. Le mot *Prescience*, par exemple, ne peut pas être appliqué à Dieu : il n'y a ni passé ni avenir pour Lui. Tout lui étant présent dans tous les intervalles du tems, on ne doit pas dire de lui qu'il prévoit ce qui arrivera, mais qu'il voit ce qui arrive. Il a laissé aux hommes la liberté d'agir : il les punit ou les récompense, selon l'usage qu'ils font de cette liberté. On ne doit pas dire, par rapport à Dieu, qu'il prévoit ce que tel homme fera, mais qu'il voit ce qu'il fait. Ainsi quand Dieu a parlé par les Prophètes ; par rapport à Lui, il disoit ce qui arrivoit ; par rapport à nous, ces Prophètes prédisoient ce qui arriveroit. En un mot, Dieu, par son éternité, est présent à tous les tems, comme il l'est à tous les lieux par son immensité.

34. On me dit souvent que je suis François, parce que je suis né en France ; mais je soutiens toujours qu'étant né là de parens Protestans, qui m'ont élevé dans leur religion, je n'ai pas pu regarder la France comme ma patrie, puisque le Gouvernement même de ce Royaume avoit pour

maxime que l'on ne connoissoit point de Protestans en France, et c'est ce qu'un Ministre des affaires internes me dit une fois à moi-même. En effet, quand je pris mon parti, on excluoit alors les Protestans de tous les avantages dont jouissent les sujets d'un Etat. Un Protestant ne pouvoit pas contracter de mariage valide ; ses enfans étoient réputés illégitimes ; il ne pouvoit exercer aucun emploi ni dans l'épée, ni dans la robe, ni dans l'église. Il faut cependant que chaque homme ait une patrie ; et s'il ne la trouve pas où il est né, il a droit d'en chercher une ailleurs : c'est la résolution que je formai dès l'âge de quinze ans, et que j'exécutai quelques années après en passant en Angleterre. Deux grands hommes de ce siècle, le feu roi de Prusse et le feu prince de Conti (j'écris ceci en 1794), ont senti la force de ce raisonnement, dans les conversations que j'ai eu l'honneur d'avoir avec eux sur ce sujet, et sont convenus que j'avois raison. J'ai prêté serment au roi d'Angleterre ; j'ai été plusieurs fois chargé des affaires de Sa Majesté dans une Cour étrangère ; j'ai une pension de l'Etat, un bénéfice dans l'Eglise : je continue à dire

que je suis plus Anglois que la plupart de
ceux qui ne le sont que par le hasard de leur
naissance.

35. C'est une erreur de croire que l'A-
rabie n'a jamais été conquise : *ab Assyriis
Persisque sæpe victi ,* disent Hérodote ,
livres 2 et 3 , et Xénophon dans la *Cyro-
pédie ,* livres 1 , 2, 3 , 4 , 8. Strabon , très-
exact écrivain , dit au livre 16e. qu'Alexan-
dre-le-Grand avoit eu le dessein d'y établir
le siége de son Empire. Ælius-Gallus , général Romain , l'ami et le protecteur de
Strabon , soumit une partie de l'Arabie-
Heureuse ; et les Turcs en ont été maîtres
pendant long-tems. On en peut voir les
preuves dans les Voyages de Niebur en
Arabie , et sur-tout au second tome , pages
15 , 26 et 27 , édition *in*-8°.

36. La plupart des vices consistent dans
les défauts ou les excès ; la plupart des vertus dans l'observance d'un juste milieu. Les
vertus se trouvent moins dans le bas peuple
et chez les grands , que dans la classe
moyenne des hommes : le peuple connoît
moins ses devoirs , c'est leur défaut ; les

grands les connoissent, les transgressent, et donnent dans l'excès ; la généralité des hommes, qui forment l'état moyen, les connoît mieux et les pratique davantage.

37. Le *pont du Gard* a été bâti par *Agrippa*, et est supposé avoir fait partie d'un aqueduc qui conduisoit à Nîmes les eaux des fontaines d'Eure et d'Airain.

38. La *maison carrée* étoit un temple élevé à l'honneur des Césars *Caïus* et *Lucius* fils d'Agrippa. Le duc de Choiseul, qui avoit toujours de grandes idées, forma le projet de transporter ce bel édifice dans le parc de Versailles. Les mesures étoient prises ; on avoit déjà trouvé un architecte, qui avoit fait son plan de numéroter toutes les pierres du bâtiment, et de les replacer si bien ensemble, que l'on ne se fût point aperçu du dérangement. La chose ne fut cependant pas mise à exécution : la ville de Nîmes étoit au désespoir de se voir enlever sa belle église ; on ne voulut pas lui donner ce chagrin. Si la chose eût eu lieu, la question de celui qui, admirant une belle église à la campagne, demandoit si elle avoit été faite

sur les lieux , seroit devenue moins ab--
surde.

39. Paul, grand-duc de Russie, disoit des
troubles de Genève que c'étoit une tempête
dans un verre d'eau. Ce mot convenoit bien
à l'héritier du plus vaste empire qui existe.

40. Le docteur Rogertson, médecin Ecossois, attaché à l'impératrice de Russie, allant de Pétersbourg en Ecosse , passa par
Paris vers l'année 1786. M. Necker, malade
depuis quelque tems , désira le consulter :
le Docteur nous dit ensuite qu'il n'avoit
aperçu autre chose en lui qu'*une ambition
rentrée*. Ce mot est fort joli pour un étranger , s'il est de lui pourtant; car on a prétendu depuis que le docteur Tronchin en
avoit dit autant de M. Turgot.

41. Le chevalier Mann , ministre d'Angleterre à Florence , me communiqua , en
1782, l'anecdote suivante. Un aide-de-camp
du général Murray , alors gouverneur de
Minorque (le capitaine George Donn) et
un nommé La Rivière , commis de son secrétaire , avoient déposé , qu'ayant été suc-

cessivement mandé du duc de Crillon par
le Général, pour affaires de cartel, le Duc
leur avoit peu-à-peu insinué, et sur-tout
au commis, qu'il étoit autorisé par la cour
d'Espagne d'offrir au Gouverneur de Ma-
hon une somme considérable, s'il vouloit
rendre cette place ; ajoutant que l'on pren-
droit des mesures pour écarter tout soup-
çon de connivence. Il proposoit de payer
un million comptant au général Murray,
qu'il pouvoit nommer ce qu'il exigeoit de
plus. Le Duc, pour les mieux persuader de
prêter l'oreille à ses offres, avoit avancé
qu'en l'année 1756 on s'y étoit pris de la
même manière, ce qui rendoit compte de
la facilité avec laquelle la forteresse s'étoit
rendue, sur la prise seule des redoutes de
la Reine et d'*Anstruther*.

Le général Murray, indigne de cette proposition, écrivit au Duc la lettre suivante :

« MONSIEUR,

» Quand un de vos Rois proposa à votre
» brave ancêtre d'assassiner le duc de Guise,
» il fit la réponse que vous auriez dû faire
» au roi d'Espagne, quand il vous a chargé

» d'assassiner le caractère d'un homme ,
» dont la naissance n'est pas moins illustre
» que la vôtre, ou celle du duc de Guise.

» Je ne puis désormais avoir rien à dé-
» mêler avec vous que les armes à la main,
» et je ne veux plus admettre aucun com-
» merce entre nous qui ne soit hostile au
» souverain degré. »

Le duc de Crillon lui répondit :

« MONSIEUR ,

» Votre lettre nous remet chacun à notre
» place ; elle me confirme dans l'estime que
» j'ai eu toujours pour vous. J'accepte avec
» plaisir votre dernière proposition. »

Le chevalier Mann me fit voir la lettre
originale que le général Murray lui écrivoit
là-dessus , dont je fis cet extrait.

42. L'abbé Fabroni, recteur de l'Univer-
sité de Pise , m'a assuré avoir vu , au commencement de la guerre d'Amérique , des
lettres des Américains de Boston au Prétendant, pour l'engager à aller se mettre

à leur tête. Je savois que le duc de Choiseul avoit dessein d'envoyer ce Prince en
Amérique en 1760; mais je ne me serois
pas douté que des républicains aussi déter-
minés que les Bostoniens eussent désiré un
Prince de la maison de Stuart pour leur
chef.

43. Ces Bostoniens avoient, depuis long-
tems, le dessein de se soustraire à la domination angloise ; car M. de Bougainville
m'a dit que lorsqu'il étoit en Canada, il
traduisit une lettre d'eux à M. de Mont-
calm, par laquelle ils lui proposoient de se
donner à la France.

44. Le Prétendant n'étoit pas si pauvre d'esprit qu'on le publioit; je l'ai vu plusieurs
fois, et j'ai eu une fois une conversation de
deux heures avec lui : il parloit bien plusieurs langues, et paroissoit fort bien entendre les intérêts politiques des Cours de
l'Europe. Celle dont il se louoit le moins
étoit la Cour de France ; il s'en plaignoit à
plusieurs égards. Outre la manière dont on
l'avoit joué dans l'expédition de 1745, il disoit que c'étoit à la persuasion de la France

qu'il s'étoit marié avec une Princesse de Stolberg, et que le duc d'Aiguillon, alors Ministre des affaires étrangères, lui avoit promis, en considération de ce mariage, une pension de 250,000 liv. qui ne lui avoit jamais été payée.

45. J'ai étudié, Polybe à la main, la route que fit Annibal en Italie; je ne comprends pas qu'il puisse y avoir deux opinions sur ce sujet. Polybe étoit homme de guerre; il avoit beaucoup de capacité; il dit qu'il a fait le voyage des Alpes, exprès pour vérifier la marche du général Carthaginois; il avoit conversé avec les généraux Romains, qui avoient fait la guerre contre ce grand homme; il doit avoir causé avec des habitans des Alpes qui avoient vu passer cette armée, son témoignage est donc irrécusable. Il dit qu'Annibal passa par le pays qui est au confluent de l'*Isère* et du *Rhône*, ou le *Viennois;* que de là il traversa le pays des Allobroges, qui est le *Dauphiné*, et partie de la Savoie, qu'il descendit des Alpes dans les plaines arrosées par le Pô, et que la première ville qu'il prit fut Turin : ainsi, selon Polybe, Annibal tint la même route

III.   c

que l'on tient encore aujourd'hui, excepté
qu'au lieu d'avoir pris par le Mont-Cénis,
il aura passé par la montagne d'Exiles. Ce
qui me porte à le croire est, que tous les
auteurs s'accordent à dire que ce Général,
pour encourager son armée, lui fit voir, du
sommet d'une montagne, les belles plaines
du pays qu'ils alloient conquérir. Or, d'a-
près les conversations que j'ai eues souvent
avec plusieurs officiers Piémontois, qui connoissoient le mieux les Alpes, il n'y a que
la montagne d'Exiles dont le sommet puisse
offrir ce point de vue à une armée. Tite-Live
s'accorde à faire descendre Annibal par Exiles; mais il se trompe quand il le fait entrer
par la vallée de Briançon.

46. Voulant toujours outrer la chose, on
a représenté comme une merveille, qu'Annibal eût fondu les Alpes, pour me servir
de l'expression de quelques auteurs. Cela se
réduit pourtant à un procédé fort simple :
il arrivoit sans doute alors, ce qui arrive
encore assez souvent aujourd'hui, que de
grosses masses de rochers, se détachant du
haut des montagnes, roulent dans les vallons et embarrassent les chemins. Tite-Live

dit seulement, que, dans un de ces cas-là,
Annibal fit allumer un grand feu autour du
rocher, et que, lorsqu'il fut rougi par la
chaleur du feu, il fit verser dessus une très-
grande quantité de vinaigre, qui, perçant
dans les veines du rocher, entr'ouvert par
la chaleur et calciné, l'amollit et lui facilita
le moyen de le briser aisément. Il y a quelques années que M. *Dupla*, curé de Mont-
gaillard au pays de Foix, renouvela l'expérience d'Annibal, et par le même procédé
parvint à tracer un chemin de cent toises
de longueur et de douze pieds de largeur à
travers un rocher dur, inaccessible et entouré de précipices : ce chemin conduit à
présent de la ville de *Foix à Dévernajou* et
autres lieux circonvoisins ; il est de la plus
grande utilité dans cette partie de la province.

47. Charlemagne, né en 742, proclamé
roi de France en 768, couronné Empereur
à Rome l'an 800, mourut à Aix-la-Chapelle
le 28 janvier 814. Il ne laissa à sa mort
qu'un fils légitime, Louis-le-Débonnaire,
qui lui succéda, deux filles Abbesses, et
sept enfans naturels. Il avoit eu deux fils

qui moururent avant lui : *Pépin-le-Bossu*, relégué à l'Abbaye de Pruyon, pour avoir conspiré contre la vie de son père (il mourut en 810); l'autre fils, *Charles*, fut vice-roi de la France orientale, ou partie de l'Allemagne, et mourut en 811 sans lignée.

Le dernier roi de France, de la race de Charlemagne, a été *Louis V*, dit le *Fainéant*, mort sans enfans, à l'âge de vingt ans, l'an 987, après un règne de deux ans.

Après sa mort, le Royaume appartenoit de droit à *Charles*, oncle de *Louis V*, et fils de *Louis IV d'Outremer*: mais ce Prince s'étant rendu odieux aux François, par sa conduite et son alliance avec *Othon*, roi de Germanie, les Seigneurs le regardèrent comme un transfuge et un déserteur, ils l'exclurent de la succession, et déférèrent la couronne à *Hugues Capet*, duc de France, chef de la troisième race.

Ce même *Charles*, fils de *Louis d'Outremer*, fut pourvu du duché de la Basse-Lorraine, comprenant le Brabant, et d'une partie de la Haute-Lorraine, par son cousin l'empereur *Othon II.* Il voulut revendiquer ses droits à la couronne de France contre

Hugues Capet; ce qui occasionna une guerre civile, qui dura quelques années, et fut enfin terminée par la prise de *Charles* dans la ville de Rheims le 2 avril 991. Il fut conduit en prison à Orléans, où il mourut l'année suivante.

Othon, fils de ce duc Charles, succéda à son père dans le duché de Basse-Lorraine et de Brabant. Il mourut l'an 1007 sans laisser de postérité, et fut le dernier mâle de la race de Charlemagne.

Gérard III, comte d'Alsace, fut créé duc de Lorraine à l'âge de dix ans, l'an 1048, dans la même diète de Worms, où Brunon, évêque de Toul, son cousin, fut nommé Pape, et prit le nom de Léon IX. Il étoit de la maison d'Hapsbourg, et arrière-petit-neveu de Gontran, tige de la maison d'Autriche. Gui-Patin, p. 479, tome premier, parle d'un procès du prince de Condé contre le duc de Lorraine, où l'avocat - général *Talon* prouva que celui-ci n'étoit pas descendu de Charlemagne, ni de Godefroi de Bouillon, mais de Gérard d'Alsace.

48. Il faut deux septiers de blé, de 240 liv. pesant chacun, pour nourrir un homme

par an ; c'est une livre de seize onces par jour, du plus beau pain. Un arpent produit en France six septiers ; un septier de froment est douze boisseaux chacun de 20 livres pesant. Un million de boisseaux de blé peut nourrir 5o,ooo hommes par an.

49. L'auteur de l'*Examen du ministère de Colbert*, Bruni, ancien directeur de la Compagnie des Indes, pense que le blé, dans un État propre au règne des arts, doit être un objet *d'économie intérieure*, mais jamais, par sa nature, un objet de commerce.

Le même auteur dit : Un État ne doit pas faire cultiver avec le projet immédiat de vendre à autrui, mais faire travailler beaucoup chez lui, pour faire cultiver et consommer beaucoup dans son sein. — Dans l'hypothèse de là consommation intérieure, l'État compte deux sujets, l'un vendeur, l'autre acheteur, et visiblement deux bénéfices, puisque c'est dans ce même État que s'est formée la valeur propriétaire qui a vendu, *premier bénéfice ;* et que c'est dans le même État encore qu'a été produite par le travail la valeur d'industrie qui a acheté la valeur de subsistance, *second bénéfice* du même genre.

Un pays qui commerce de ses subsistances, quand il peut en nourrir des ouvriers, ses sujets, donne à autrui sa propre population.

M. Necker, dans les mêmes principes, ajoute : C'est la Pologne, abâtardie par le gouvernement féodal, qui vend ses grains à l'industrieuse Hollande ; c'est l'Afrique, ignorante et barbare, qui vend les siens à Marseille ; c'est l'Amérique naissante qui vend ses blés à l'Europe perfectionnée ; c'est la France, éclairée par Colbert, qui les consomme elle-même. — On objecte que les manufactures détournent de la culture des terres, en présentant aux hommes des occupations plus attrayantes ; on répond que les artistes ne sont nourris que par les subsistances superflues, qui ne peuvent exister que par la culture ; ainsi les arts ne sont pas les rivaux de l'agriculture, mais son encouragement et sa récompense. Les Colonies d'une Puissance, pour bien remplir les vues du possesseur, doivent cultiver des productions hétérogènes à celle de leur patrie principale, nécessaires ou utiles aux con-sommations de celle-ci, et dépendre d'elle, pour leur subsistance et autres objets de première nécessité. C'est de ce maintien exact que dépend toute leur utilité.

50. On confond souvent les trois d'Argen-sons, tous trois Ministres d'État; en voici l'éclaircissement.

M. d'Argenson, né à Venise, en 1652, où son père étoit Ambassadeur, fut lieute-nant de Police à Paris, ensuite Garde - des-Sceaux, Ministre d'Etat, et mourut en 1721.

Marc-Pierre d'Argenson, son fils, naquit à Paris en 1696, fut lieutenant-général de Police, chef du Conseil du Régent, conseil-ler d'État en 1724, secrétaire d'État pour la Guerre, surintendant des Postes : il établit l'École militaire, fut disgracié en 1757, et se retira à sa terre des Ormes en Poitou, où il mourut en 1764.

René-Louis d'Argenson, frère du der-nier, fut Ministre des affaires étrangères, et mourut en 1756. Il étoit bon politique, excellent citoyen, avoit un esprit agréable, perfectionné par la lecture : étant réservé par caractère, on l'appeloit, aussi sotte-

ment qu'injustement, *d'Argenson la bête.*
Il a écrit les *Considérations sur le Gouvernement,* 1765, *in*-8º.; et les *Loisirs d'un Ministre d'Etat ,* 2 volumes *in* - 8º. 1787.
Marc-Pierre étoit père du marquis de Voyer
d'Argenson, mort en 1783 ; que j'ai beaucoup connu.

51. Un des plus grands ouvrages entre-
pris dans le siècle dernier, est le passage de
la Grotte près les Échelles , à l'entrée des
Alpes ; ce passage est taillé dans le roc, qui
a de chaque côté plus de cent pieds de hauteur. Il fut fait par *Charles Emmanuel,* le
grand - père du roi Victor. Voici une très-
belle inscription en marbre , placée en cet
endroit :

Carol. Eman. Sabaudiæ Dux.
Pedem. Princeps, Cypri Rex.
Publicâ felicitate partâ , singulorum commodis intentus ,
Breviorem securioremque viam regiam a naturâ occlusam,
Romanis intentatam , cæteris desperatam ,
Dejectis scopulorum repagulis ,
AEquatâ montium iniquitate ; quæ cervicibus imminebant
Præcipitia pedibus substernens , æternis
Populorum commerciis patefecit.
Ann. Dom. 1670.

52. Le Dauphin, père de Louis XVI, disoit du cardinal de Rohan : C'est un Prélat

respectable, un grand Seigneur fort affable, et un drôle bien découplé.

53. Le prince Lanti m'a raconté à Rome, qu'étant allé à Paris, il envoya un jour chercher un friseur ; bientôt après on introduisit dans sa chambre un homme bien mis, et l'épée au côté ; il vouloit à toute force le faire asseoir avant de lui parler ; mais l'autre lui ayant dit enfin qu'il étoit le friseur, et qu'il venoit pour le coiffer , le Prince s'assit, en lui recommandant de se dépêcher. « Mon Prince, » lui dit cet homme, « je » suis le physionomiste ; permettez que je » fasse entrer mon second : » et il fait entrer un garçon perruquier avec tout son appareil. Plaçant ensuite le Prince à sa fantaisie, il l'observe avec attention , le prenant par le menton , pour mieux examiner son visage ; puis s'adressant à son second, « Visage » à marrons, dit-il, marronnez Monsieur ; » et se retira , en faisant une humble révérence.

54. Quelques jours après la bataille de Rosback on intercepta une lettre d'un officier François, qui parut si singulière, qu'on

en prit des copies, qui couroient à Berlin,
et l'on se pâmoit de rire en la lisant. Voici
la lettre :

« Enfin, le jour tant désiré est arrivé.
» Nous nous sommes mesurés avec le roi
» de Prusse, et, contre notre attente, nous
» avons été battus à plate couture. Notre
» Colonel a été tué à la tête du régiment;
» le Marquis de**, qui étoit le meilleur de
» mes amis, a eu la tête emportée d'un coup
» de canon ; mais ce sont leurs affaires :
» pour moi, je me porte bien. » On appeloit cela de la gaieté françoise.

55. Voici une autre lettre d'un François au
Roi, bien différente de celle-ci. Elle fit beaucoup de bruit quand elle parut ; elle est noble, hardie, et produisit l'effet désiré. Cette
lettre est du marquis de Gironde, en 1783.

Sire,

« Il ne reste plus au marquis de Gironde,
» votre lieutenant-général de l'île de France,
» qu'à demander par grâce à Votre Majesté
» ce qu'elle accorde à tous ses sujets à titre
» de justice ; la liberté de me pourvoir de-
» vant mes juges naturels pour réclamer

» mon droit de l'Aide de la ville de Cler-
» mont, que l'un de vos Contrôleurs-géné-
» raux m'a enlevé sans prétexte ni forme,
» et que l'autre refuse constamment de me
» restituer. Ce patrimoine de mes ancêtres,
» qui n'a jamais été domanial, est un franc-
» aleu noble, aussi ancien que la Monar-
» chie. Ma propriété, fondée sur des titres
» nombreux, est inattaquable ; ma préten-
» tion est une maxime du droit public. Je
» dis à vos Contrôleurs-généraux : Ou ren-
» dez-moi mon bien, ou payez-moi sa juste
» valeur ; et puisqu'ils me refusent la justice,
» que je ne puis douter que Votre Majesté
» a dans le cœur qui me soit rendue, je la
» supplie très-respectueusement qu'elle me
» permette de la demander dans les tribu-
» naux chargés de me la rendre. Ce n'est
» pas une affaire qui ait la moindre relation
» à celle du Gouvernement, c'est l'abus de
» l'autorité de ceux qui sont en place. »

56. La comtesse Amélie de Boufflers tourmentoit souvent une Demoiselle Angloise
qui demeuroit chez sa belle-mère ; l'autre
lui répondoit quelquefois assez sèchement :
« Mademoiselle, vous êtes bien orgueilleu-

» se », lui dit un jour la Comtesse.—« Vous
» vous trompez, Madame », lui dit l'Angloise, « je ne suis que fière ». « Quelle
» différence faites-vous donc entre les
» deux »? lui demanda la Comtesse. « Ma-
» dame, *l'orgueil est offensif, et la fierté*
» *est défensive* ». Cette distinction si juste,
faite par une étrangère, manquoit aux Synonymes de l'abbé Girard.

57. J'ai entendu feu M. le prince de Conti
faire une observation également juste à un
homme de l'Académie Françoise; ce n'étoit
rien moins que le célèbre Diderot. Je l'avois
amené chez ce Prince, qu'il désiroit de remercier, en personne, d'une pension qu'il
lui avoit accordée. Le Prince nous reçut au
lit : deux chaises furent placées à côté de
ce lit; mais en deux minutes l'homme de
lettres se mit si bien à son aise avec Son
Altesse, qu'il se trouva assis sur le lit, et
les voilà à discuter sur les affaires politiques
qui agitoient alors le Parlement de Paris
(c'étoit dans l'hiver de 1776). Le Prince y
jouoit un rôle distingué, et s'opposoit avec
chaleur aux mesures des Ministres du Roi.
Monseigneur, dit Diderot, il paroît que vous

êtes bien *entêté* (il avoit dessein de le louer).
Alte-là, M. Diderot, répondit vivement le
Prince, ce mot n'est pas dans mon Dictionnaire : *entêté* veut dire, opiniâtre pour le
mal, et *ferme*, est opiniâtre pour le bien.
N'est-ce pas *ferme* que vous vouliez dire?
Diderot, sans être embarrassé, convint
que la distinction étoit juste. Nous fûmes
ensuite chez la comtesse de Boufflers,
avec qui il n'étoit pas aisé de se familiariser;
mais Diderot, qui n'y regardoit pas de si
près, fut à peine assis à côté d'elle, que,
tout en causant, il lui mettoit la main sur
les genoux, au grand étonnement de cette
Dame, qui lui demanda s'il en avoit usé
ainsi avec l'impératrice de Russie, qu'il
avoit été aussi remercier d'une pension. Il
répondit tout uniment qu'oui, que c'étoit
son habitude.

58. Dans le tems que Frédéric-le-Grand,
roi de Prusse, se mouroit d'hydropisie,
comme la maladie traînoit en longueur, il
dit un jour à son successeur : « Je vous de-
» mande pardon, mon neveu, de vous faire
» attendre si long-tems. »

59. Louis XV tenoit assez souvent des

propos très-désagréables à ses courtisans, sans avoir dessein de leur faire de la peine. Un jour que le cardinal de Luynes lui faisoit sa cour : « Cardinal, lui dit le Roi, votre » bisaïeul est mort d'apoplexie, votre père » et votre oncle sont morts d'apoplexie; » vous m'avez l'air de devoir mourir un » jour d'un coup d'apoplexie ». « Sire, » répondit le Cardinal, heureusement que » nous ne sommes pas au tems des Rois » Prophètes. »

60. M. de Hautefort, relevant d'une longue maladie, pendant laquelle Louis XV avoit envoyé savoir de ses nouvelles, n'eut rien de plus pressé que d'aller l'en remercier. Comme il parloit de sa convalescence, le Roi, qui le voyoit pâle et blême, dit: « Belle convalescence ! » et puis l'entendant tousser, « M. de Hautefort, dit-il, » voilà une toux qui sent le sapin. » J'ai rapporté dans un autre ouvrage plusieurs traits de Louis XV du même genre, que j'omets ici.

61. Lorsque le feu roi de Suède étoit à Florence, il eut une longue conversation

avec le Prétendant, le 1er. décembre 1783,
dans laquelle celui-ci dit, que, dans le
mois de septembre 1750, il avoit été à
Londres avec le colonel Brett. Le premier
endroit où il débarqua fut à la tour de Londres; il en examina l'extérieur, et trouva
qu'il étoit très-facile d'en faire sauter la porte
avec un pétard. Il fut ensuite en un loge-
ment à Pall-Mall, où, le soir même, se trouvèrent plus de cinquante de ses partisans,
entre lesquels il nomma le duc de B—t et
le lord W—d; et il assura le Roi, que s'il
avoit vu jour à rassembler seulement quatre
mille hommes, il se seroit mis à leur tête.
Il resta à Londres quinze jours sans que le
Gouvernement parût le savoir. Le roi de
Suède répéta, le jour même, cette conversation au chevalier Mann, de qui je la tiens.
Le chevalier Holker, Anglois, m'a dit qu'il
étoit de ce voyage, que le Gouvernement
étoit instruit, et se contenta de l'observer.

62. M. Brydone se flattoit d'avoir vu, du
sommet du mont Etna, un horizon de huit
cent milles de diamètre, dont le rayon auroit été de quatre cent milles : or, en faisant
attention à la convexité du globe, il est

prouvé qu'il faudroit que l'Etna eût seize milles de hauteur pour voir à cette distance, même avec le meilleur télescope. L'Etna n'a que deux milles de haut, selon les mesures les plus exactes, et il n'est pas possible de découvrir la terre à plus de cent cinquante milles de là. Ceci s'accorde avec ce que me dit un jour lord Seaforth, qui se baignant dans la mer, près de l'île de Malte, il vit le soleil se coucher derrière le mont Etna, dont il n'apercevoit alors que le sommet : on compte la distance de Malte au mont Etna d'environ cent cinquante milles.

63. Au mois de juin 1781, le ministère de Turin fut averti qu'un certain père Casimir, récolet, étoit enfermé dans un cachot au couvent de la *Madonna delli Angioli*, où il étoit enchaîné depuis cinq ans de la manière la plus cruelle. Un Turc, au service du marquis d'Entraives, se promenant un jour dans le jardin de ces Pères, avec le cuisinier du couvent, entendit quelqu'un se plaindre par le soupirail d'un caveau ; il fit son rapport, et l'on approfondit la cause. On savoit déjà que ce père Casimir avoit été mis dans un cachot, et même l'archevêque

de Turin en avoit souvent demandé des nouvelles au père Gardien, qui avoit d'a- bord refusé d'en rendre compte, et avoit fini par dire qu'il étoit mort. Le roi de Sar- daigne, sur l'avis qu'on lui donna de ce qui se passoit, envoya visiter le couvent, et l'on trouva dans le cachot ce pauvre Reli- gieux dans un état horrible, mangé de vers aux parties de son corps blessées par les chaînes, les jambes toutes retirées, et plus mort que vivant. Le Gardien du couvent fut exilé dans un autre de son Ordre à la campagne, déclaré incapable d'exercer aucun emploi; châtiment que l'on trouva beaucoup trop doux, vu la cruauté qu'il avoit commise envers son malheureux con- frère, à qui l'on avoit infligé une peine aussi affreuse, pour s'être enfui à Venise avec une femme, quoiqu'il fût revenu de lui- même se remettre au pouvoir de ses supé- rieurs.

64. Une Dame de condition à Paris, de- vant se séparer d'avec son mari, vint au lieu du rendez-vous où devoit se passer l'acte avec son avocat et son procureur. « Mon- » sieur, » dit-elle à son mari, qui l'attendoit

avec ses avocats, « je n'entends point les af-
» faires, ainsi ne me faites point de ques-
» tion ; ces Messieurs sont ici pour vous
» dire mes raisons, et recevoir vos répon-
» ses. » Le mari ayant commencé par exposer les griefs qu'il avoit contre sa femme,
lui supposa entr'autres des torts qu'elle
crut tellement offensans pour son honneur,
qu'enfin impatientée, elle se lève et l'inter-
rompt par un soufflet qui met sa perruque
de travers. Le mari, sans se démonter,
rajuste sa perruque, et se tournant vers
l'avocat de sa femme : «Monsieur, puisque
» c'est vous qui recevez les réponses pour
» Madame, voici celle que j'ai à lui faire ;»
et il donna un tel soufflet à l'avocat, qu'il
le renversa par terre, et la conférence fut
rompue.

65. Un homme de qualité à Paris, dont
on m'a dit le nom, que je ne veux pas citer, ayant eu une querelle avec sa femme,
s'emporta jusqu'à lui donner un soufflet.
Pleine de colère, elle court chez son avocat,
pour le consulter sur une plainte qu'elle
vouloit porter contre son mari. L'avocat
informé par elle qu'il n'y avoit point de

témoins de l'injure, lui dit que la plainte
seroit inutile, et qu'il n'y avoit point de remède. Elle revient; en rentrant, son mari
va au-devant d'elle, et veut savoir où elle
a été. « Chez mon avocat, Monsieur, pour
» le consulter sur le soufflet que vous m'a-
» vez donné; mais comme il m'a dit que je
» ne pourrois en rien faire, je ne veux point
» le garder, et je vous le rends : » en disant
cela, elle donne un soufflet à son mari, et
se retire précipitamment pour éviter la ré-
cidive.

66. L'île d'Ithaque (*Théachi* ou *Thiaki*)
est séparée de celle de Céphalonie par un
canal de trois ou quatre milles de large;
elle a environ vingt-cinq milles de tour.
Ceux qui ont avancé que l'on n'y voyoit que
des rochers stériles, ne l'ont pas parcourue,
et ne l'auront probablement vue que de loin
en mer et dans l'hiver, où les feuilles des
vignes, qui couvrent une partie des collines, n'existent plus, et donnent un air de
nudité aux rochers; mais dans l'été, et de
Céphalonie même, elle présente un aspect
riant. Un des grands produits est de raisins
de toutes espèces, dont on fait du vin, où

que l'on fait sécher ; il y a des oliviers, des
mûriers blancs pour les vers à soie, et toutes
sortes de grains dans les vallées ; car on y
voyoit peu de plaines, quoiqu'il y en ait
cependant d'assez fertiles. Le mont *Nérite*,
qui conserve encore son ancien nom, est
fort élevé, et bien ombragé de fort beaux
arbres. La ville et le port sont situés au pied
de cette montagne, et garantis par-là des
vents du nord et de l'est, ce qui en rend le
séjour très-sain. A quelque distance de *Théachi*, on voit des ruines, que l'on prend encore pour les restes du palais d'Ulysse ; et la
mémoire de Pénélope y est même à présent
dans la plus grande vénération. La ville
n'est pas bien peuplée, les habitans ne faisant pas eux-mêmes le commerce de l'exportation de leurs denrées ; ils attendent que
les marchands de Céphalonie et de Corfou
viennent les leur acheter. Ce qui fait le plus
de plaisir est l'intérieur de l'île, où l'on
trouve des vallons charmans, des vues vrai-
ment pittoresques, et sur-tout une vallée
étroite, où coule paisiblement une rivière
agréable. Les collines qui la resserrent sont
ornées des plus beaux arbres toujours verts ;
ce qui forme un ensemble qui répond à

l'idée que nous donne Élien de la vallée de Tempé. Cette île est sujette des Vénitiens, et dans le gouvernement de Céphalonie. *Ceci s'écrivoit en* 1794.

67. Le prince de Piémont n'avoit pas encore sept ans lorsque son précepteur, le cardinal (alors le père) Gerdil lui expliquoit la fable de la boîte de Pandore. Il lui disoit que tous les maux qui affligent le genre humain étoient enfermés dans cette boîte fatale ; que Pandore, excitée par la curiosité, l'ouvrit, et qu'aussitôt ils en sortirent pour se répandre sur la surface de la terre. « Comment, mon Père ! » dit le jeune Prince, « tous les maux étoient renfermés » dans cette boîte ? » « Oui, Monseigneur, » répondit le Précepteur. « Cela ne se peut » pas, » répliqua le Prince, « puisque la *cu-* » *riosité* tenta Pandore ; et ce mal qui étoit » déjà dehors, n'étoit pas le moins grand, » étant l'origine de tous. »

68. Quand le prince de Piémont fut parvenu à l'âge de 15 à 16 ans, son père, désirant qu'il s'instruisît des affaires, le faisoit quelquefois appeler au Conseil. Le Prince crut qu'il pouvoit y dire son avis, et peu-

à-peu le donnoit assez librement ; mais
quand il s'aperçut que l'on n'en tenoit nul
compte, il jugea qu'il étoit inutile pour lui
de se trouver au Conseil, et il ne manqua
pas de prétextes pour s'en absenter. Le Roi
n'insista pas sur sa présence, et ne lui parloit jamais d'affaires. Un jour cependant
qu'il étoit avec le Roi et la Reine, qui agitoient ensemble une question d'Etat, le
Prince, sans en être prié, déclara ce qu'il
pensoit. Le Roi l'interrompit, en lui disant:
« Ah ! ah ! je crois que vous voulez vous
» mêler de régler mes affaires. » « Pardon-
» nez-moi, » dit le Prince, « je ne me mêle
» que de régler ma montre, et je vous as-
» sure qu'elle va bien. »

69. M. de Châteauneuf eut l'esprit fort
précoce. Il n'avoit pas neuf ans qu'un Évêque, croyant l'embarrasser, lui dit : « Mon
» enfant, dites-moi où est Dieu, et je vous
» donnerai une orange ». « Monseigneur »,
reprit l'enfant, « dites-moi où il n'est pas,
» et je vous en donnerai deux. »

70. Rien n'étoit plus intéressant que d'entendre M. Pitt et M. Fox dans un débat de la

Chambre des Communes. Tous deux avoient
infiniment d'esprit, d'énergie, de chaleur
et d'éloquence. Ceux qui se piquoient de
prononcer entre eux sans partialité, accor-
doient cependant la supériorité à M. Pitt :
il avoit aussi un plus bel organe ; et quoiqu'il parlât avec beaucoup de rapidité, et
sans jamais hésiter, il n'étoit pas possible
de substituer une meilleure expression à
celle qu'il employoit. Ce qu'il y avoit de
singulier relativement à ces deux célèbres
antagonistes, est que leurs pères avoient
toujours été opposés l'un à l'autre dans leur
carrière politique, comme l'ont été presque
toujours les fils, qui tous deux surpassent
leurs pères. M. Pitt est plus jeune de dix
ans que M. Fox : Dès l'âge de vingt-trois ans
et demi il étoit premier Ministre : jamais
administration si longue n'a été si brillante,
si solide, et n'a joui d'une confiance aussi
générale.

71. Lady Berkeley avoit épousé en se-
condes noces lord Nugent, Pair d'Irlande,
dont elle se sépara ensuite de corps et de
biens. Je n'entre point dans les raisons de
cette séparation ; ce qu'il y avoit de sûr,

étoit l'aversion que lord Nugent professoit ouvertement pour lady Berkeley, et dont il lui donnoit des preuves toutes les fois qu'il trouvoit l'occasion de la mortifier. Il arriva que, se trouvant tous deux en même-tems aux eaux de Bath, lord Nugent, qui avoit beaucoup de crédit parmi la bonne compagnie, prit à tâche d'écarter lady Berkeley de toutes les fêtes; et ayant invité un jour les Dames à un grand déjeûné, qui devoit être suivi d'un bal dans les salles publiques, on peut bien penser que lady Berkeley ne fut pas invitée, et elle forma le projet de s'en venger : voici comment elle s'y prit. — Au jour marqué pour le déjeûné, elle va de grand matin, avec une amie, au lieu du rendez-vous ; après avoir fait un tour dans les salles, elle passe dans l'endroit où bouilloit l'eau pour le thé; et, feignant de se trouver mal, elle envoie, l'un après l'autre, les garçons chercher différens secours; et le moment qu'ils eurent quitté leur poste, elle et son amie jettèrent dans les bouilloires une quantité de *jalap* suffisante pour causer l'effet qu'elles souhaitoient. Cela fait, elle resta tranquille, et joua si bien son rôle qu'on

ne se douta de rien ; ensuite elle demanda,
à rester dans un endroit retiré, d'où elle
pouvoit tout observer sans être vue.

Cependant la compagnie arrive, on dé-
jeûne, la conversation s'anime, les violons
donnent le signal, tous paroissent disposés
à devenir gais, lorsque le *jalap*, mêlé avec
le thé, commença à produire l'effet accou-
tumé. Chacun s'efforçoit de se contenir autant qu'il étoit possible ; mais, sans égard
au respect humain, le *jalap* les obligea de
sortir l'un après l'autre, et lord Nugent des
premiers, au grand plaisir de lady Berkeley, qui s'amusa infiniment des grimaces
et des contorsions que les convives faisoient
pour ne pas paroître pressés par la nécessité
de se retirer. Elle sortit enfin la dernière,
après avoir vu finir la fête beaucoup plutôt
qu'on ne s'y étoit attendu.

72. Vers l'année 1775, la Zamperini,
actrice de l'Opéra, revenant de Lisbonne
par mer, fut tellement effrayée par une
tempête, qu'elle en tomba dans un état de
stupidité dont rien ne fut capable de la tirer.
Arrivée à Venise, au milieu de sa famille,

on lui donna tous les secours que peut sug-
gérer la médecine, mais en vain. Elle man-
geoit, buvoit, dormoit, et faisoit toutes
les fonctions de la vie animale ; mais elle
ne connoissoit personne, elle ne prenoit
intérêt à rien, et sembloit plongée dans
l'état de stupidité le plus profond. Quelqu'un s'avisa un jour de jouer du clavecin
devant elle ; aussitôt elle fut émue, peu
après, elle parut s'animer au point de
prendre part à la musique, et vint jusqu'à
chanter les airs favoris qu'on lui jouoit.
Cela fut répété souvent pendant six mois,
et toujours avec les mêmes symptômes et
les mêmes effets. Une personne digne de
foi m'a dit l'avoir vue plusieurs fois dans
ces circonstances. Au premier aspect on
l'eût prise pour une idiote ; l'approchoit-
on du clavecin, aussitôt qu'on en jouoit,
sa physionomie changeoit, et elle chantoit
peu à peu avec autant d'expression et de
feu que jamais ; mais un moment après elle
retomboit dans le même état d'insensibilité.
Madame de Durazzo, Ambassadrice impériale à Venise, eut la curiosité de la voir ;
elle fut touchée de sa situation, la prit chez
elle, et à force de soins, de médecine, et

sur-tout de musique, elle eut, après deux
ans, la satisfaction de la voir entièrement
revenue à son premier état de santé et de
connoissance, et en 1778 elle parut sur le
théâtre de Venise avec le plus grand succès.

73. Dans le comté de Hampshire, en Angleterre, la fille d'un curé de campagne,
étant réduite, par la mort de son père, à
la dure nécessité de chercher une ressource
pour subsister, n'en trouva point d'autre
que celle d'entrer au service d'une ancienne
amie de sa mère, en qualité de femme-de-
chambre. Émilie (c'étoit son nom) avoit
reçu de ses parens la meilleure éducation :
elle étoit jolie, d'une figure très-agréable,
sensée, sage, réservée, et du maintien le
plus modeste. Malheureusement pour elle,
un jeune Gentilhomme assez riche, ami de
la maison où elle étoit, fréquentoit souvent
cette maison. Le maître et la maîtresse,
n'entretenant qu'un seul petit laquais pour
tout domestique, la pauvre Émilie, qui ai-
doit ordinairement à servir le thé, ayant
souvent occasion de voir ce jeune homme,
en devint éprise avant de s'être aperçue des
progrès funestes de ce sentiment en elle ;

et lorsqu'elle s'en aperçut, sa raison la portant à le combattre, elle y fit des efforts inutiles et si fâcheux pour elle, que sa santé en fut vivement altérée. Sa maîtresse, qui l'aimoit tendrement, après avoir en vain consulté les médecins, l'envoya chez une amie, à vingt milles de là, afin d'essayer si le changement d'air pourroit lui-être favorable. L'absence de l'objet de son affection contribua sans doute à son rétablissement; elle revint chez sa maîtresse, et la même occasion de voir ce jeune homme se présentant encore, fit revivre sa passion. Fermement résolue de se vaincre, ou de mourir, plutôt que de céder au penchant qui l'entraînoit malgré elle, elle tomba dans l'état de santé le plus déplorable. Les médecins, n'en pouvant découvrir la cause, soupçonnèrent qu'elle devoit être affectée d'un profond chagrin, et la prononcèrent en danger. Sa maîtresse, affligée, la conjura de lui confier son secret, lui promettant, non-seulement de ne pas trahir sa confiance, mais de faire son possible pour apporter le remède convenable, et pour achever de la persuader, elle lui dit le danger où elle étoit, si elle s'obstinoit à se taire. Touchée

de l'amitié de sa maîtresse, Émilie lui déclara
sa passion, la pria de la cacher à celui qui
en étoit l'objet, reçut avec résignation l'annonce d'une mort qui la délivreroit enfin
d'un amour malheureux que tous ses efforts
n'avoient pu surmonter. Sa maîtresse ne
put se défendre de faire part à son mari
de cette circonstance ; ils résolurent ensemble de sonder le jeune homme à ce sujet, et peu à peu, trouvant qu'il avoit fait
attention au mérite d'Émilie, ils l'enga-
-gèrent à avoir pitié de sa situation ; il y
consentit, il demanda à la voir ; à quoi,
étant préparée par sa maîtresse, il entra
en conversation avec elle, il lui témoigna
le plus grand désir de la voir rétablie, et
fut même jusqu'à l'assurer que, si elle pouvoit se remettre, il seroit charmé de l'épouser. M'épouser ! s'écria-t-elle, en élevant
ses bras, et fixant ses regards sur lui !
m'épouser ! et sa tête tombant en arrière,
elle expira dans le moment.

74. Une livre d'or angloise, de 5760
grains, est monnoyée en 44 guinées et de-
mie, de douze parties d'or pur, et d'une
alliage. — La guinée contient 118 grains

615$^{déc.}$ d'or pur, sans alliage. — Le louis d'or, avant 1785, contenoit 113 grains 27$^{déc.}$ de grains anglois d'or pur, sans alliage. Les grains françois sont aux anglois comme 121 71$^{déc.}$ à 100.

Un écu anglois contient 429 grains 68$^{déc.}$ d'argent pur, sans alliage. Un écu de 6 liv. françois contient 409 grains 49$^{déc.}$ d'argent pur, sans alliage. La proportion d'alliage, dans la vaisselle d'argent et autres ouvrages d'orfévrerie en France étoit, avant la révolution, de 11 den. 10 grains. En Angleterre, la vaisselle, etc. est au même taux que la monnoie : 20 guinées mesurent un pouce de tous côtés : — 20 pieds cubes contiendroient plus de 238 millions de guinées.

75. Cent hommes ne pourroient pas porter la dette nationale de l'Angleterre en billets de banque de 10 livres serling, dont 512 font une livre pesant; de sorte que 242 millions de livres sterling, qui étoit la dette nationale quand ce calcul a été fait, peseroient 47,650 livres, ce qui feroit pour cent hommes 473 livres chacun.

76. Un sol anglois mis à intérêt accumulé (*compound interest*) sur le pied de 5 pour

100, à la naissance de J. C. auroit produit l'année 1786 la somme énorme de 290,991, .000000,000000, 000000, 000000, 0000 $ liv. sterling; ce qui feroit environ 110 millions de notre terre en or solide. Au lieu qu'à intérêt simple, il n'auroit produit que.....7ˢ 6ᵈ

77. Plutarque, dans son *Traité sur la manière de bien écouter*, parle ainsi du beau : ὡς ἐν ἔργῳ δ'ὲ παντὶ, τὸ μεν καλον ἐκ πολλῶν οἷον ἀριθμῶν εἰς ἕνα καιρὸν ἥκοντων ὑπό συμμετρίας τινὸς κ̣ ἁρμονίας ἐπιτελεῖται, etc. *En toutes choses le beau est le résultat de plusieurs qualités qui concourent ensemble, et forment par leur accord une harmonie parfaite.* C'est précisément le système du Père André : *Essai sur le Beau.*

Le goût est le sentiment du Beau, considéré dans les objets relatifs aux beaux-arts.

78. Je définis la morgue, un composé de fierté, de dureté, de gravité et de bêtise, en doses égales.

79. L'amitié se soutient, dit Plutarque, par la vertu, la familiarité et l'utilité.

80. Leibnitz, pénétré de l'idée d'une liaison universelle entre tout ce qui existe, dit : Que chaque être représente la totalité des êtres. Le moindre changement qui arrive dans une substance, est un tableau vivant de ce qui arrive dans toutes les autres, et *pour l'Intelligence Suprême c'est l'histoire de l'Univers.* Elle y voit se concentrer tous les rapports qui enchaînent le présent, le passé et l'avenir. Notre âme est une de ces substances représentatives. Il faut donc que chacun de ces états renferme une infinité d'autres états; chacune de ces perceptions, une suite infinie d'autres perceptions. Chacune est, pour ainsi dire, un long raisonnement dont les termes sont rapprochés et confondus. Que de grands et magnifiques spectacles ne nous présente-t-il pas ! Une harmonie universelle, le monde faisant un tout, où chaque chose est à sa place; *chaque être est un petit miroir de l'Univers ;* l'Univers un grand miroir des perfections de l'Être infini ; enfin, notre propre perfection comprise dans la perfection générale. Nous portons tous avec nous ce que nous devons être dans l'éternité ; ce germe se développe dans une suite d'états par

lesquels nous passons , et ne cesserons de passer. C'est dans ce sens que Leibnitz a raison de dire que la mort est bannie de son système ; elle n'est qu'un développement avantageux de nos facultés , qui élargit la sphère de nos connoissances , de notre activité , de notre bonheur.

81. Le chancelier d'Aguesseau , avec toutes les connoissances et l'esprit possible, étoit fort irrésolu ; son fils , qui étoit tout le contraire , lui disoit un jour : « Mon » père , vous savez tout, et ne décidez ja- » mais sur rien. » « Mon fils, « répondit le » Chancelier, » vous ne savez rien, et déci- » dez toujours sur tout. »

82. Lorsque j'étois à Pise en 1783 , il se passa une scène assez extraordinaire , qui faisoit le sujet de toutes les conversations. Le chevalier F*** , après avoir fait sa cour à la Marquise** , dont il étoit passionnément aimé , prit la résolution de se marier avec une fort aimable Demoiselle de condition de Pise. Pour éviter les importunités de la Marquise , qui cherchoit à le détourner de ce mariage , il cessa tout-à-coup

d'aller chez elle. La Marquise désolée de la perte de son amant, et ne sachant comment le rappeler à elle, s'avisa de s'adresser à une vieille et pauvre femme de cette ville, qui avoit la réputation d'employer avec succès des moyens surnaturels pour faire retrouver des effets perdus; et le Chevalier étant considéré comme un effet précieux appartenant à la Marquise, par droit d'une longue possession, la vieille entreprit de le lui ramener aussi amoureux que jamais.

Pour commencer à tirer parti de la crédulité de cette amante délaissée, la vieille lui demanda de l'argent pour acheter les drogues nécessaires à ses conjurations, ainsi que quatre cents aunes de ruban, qui devoit aller d'une maison à l'autre, pour servir de moyen de communication à ses enchantemens. La nuit étant prise, la vieille introduite chez la Marquise, et ses femmes retirées, on commença à procéder à l'opération. Toutes les bougies furent éteintes, et une lampe allumée, dont la foible lueur dans une grande chambre permettoit à peine d'apercevoir les objets; la vieille brûla quel-

ques drogues dans un rechaud, qui produi-
sirent une fumée épaisse ; et ayant ordonné
à la Marquise de se déshabiller toute nue,
elle répandit sur elle certains onguens, en
récitant une kirielle d'imprécations.

L'obscurité, la fumée, le langage extraordinaire de la vieille, l'idée de se trouver toute seule nue au milieu de la nuit
avec une vieille sorcière, firent alors une
telle impression sur l'esprit de la pauvre
Marquise, qu'elle tomba en convulsions,
en faisant des cris qui alarmèrent tous les
domestiques. On accourt, on force la porte,
on donne des secours à la Marquise, et l'on
s'empare de la vieille, qui fut livrée à la
justice. Au lieu d'étouffer cette affaire, la
prétendue sorcière fut condamnée à passer
trois heures au pilori, et ce fut ce qui occasionna le plus grand scandale ; car cette
misérable, n'ayant rien à risquer, et voulant se disculper de l'imputation de sorti-
lége, commença à entretenir le peuple assemblé autour d'elle de l'histoire des amours
de la Marquise et de son amant, y ajoutant
plusieurs anecdotes relatives à d'autres personnes de la ville dont elle étoit l'entremet-

teuse ; et si l'archevêque de Pise , qui fut
informé sur-le-champ de cette scène , n'y
eût mis fin au plutôt, toutes les intrigues
de la ville , se trouvoient exposées au grand
jour. La Marquise se tint cachée chez elle,
la vieille fut mise au cachot, et l'amant ne
s'en maria pas moins.

83. Un pauvre Curé de village en Kent,
un peu goguenard , entra un jour chez un
perruquier de la ville voisine pour se faire
faire une perruque. Celui-ci avoit une bonne
éclanche de mouton qui sortoit de la bro-
che , à laquelle il invita le Curé de prendre
part. Le Curé accepte , et eut lieu d'être
satisfait de la bonne réception que lui fit le
bon barbier , qui n'épargna pas sa meilleure
bierre en cette occasion. Après le dîner ,
le Curé alloit se retirer, lorsque le barbier
l'arrêta , en lui disant , qu'il oublioit de se
faire prendre la mesure de sa perruque.
» Non , » dit le Curé , « vous en avez trop
» bien agi avec moi pour que je vous joue
» un mauvais tour ; la vérité est, que n'ayant
» point d'argent, je n'avois pas dessein de
» payer la perruque que vous m'auriez
» faite ; je vais la commander chez un

» autre, qui probablement ne me fera pas
» un aussi bon accueil que vous. »

84. Dans le tems des troubles qui agitè-
rent l'église de France, sur les questions du
Jansénisme et du Molinisme, le Gouvernement s'en mêla, et défendit que l'on écrivît ou parlât davantage sur ce sujet; la
Police à Paris avoit ses espions pour veiller
à l'observance de cet ordre. Un jour que
l'on causoit là-dessus dans un café, un homme qui ne paroissoit pas trop bien entendre
la question, se mêla de dire son avis. Sur
quoi il fut accosté par quelqu'un, que l'on
vit bien être un espion de Police, qui
lui dit : « Ah ! ah ! Monsieur, vous êtes
Janséniste ? » Non, Monsieur, » répondit
l'autre. « Comment, Monsieur, vous êtes
» donc Moliniste ! » «Moi, non, Monsieur,
» je vous assure. » « Et que diable êtes-vous
» donc ? » «Monsieur, je suis *Ebéniste*. »

85. Le Prétendant retiré en Toscane, y
avoit pris le nom de comte d'Albanie; en 1784,
il reconnut ouvertement la fille qu'il avoit
eue 37 ans avant, d'une Demoiselle Écos-
soise, et qu'il avoit fait élever à Paris dans

un couvent. Il la fit venir à Florence, la créa
duchesse d'Albanie, et lui donna l'Ordre du
Thistle, dont elle étoit toujours décorée.
Il lui destinoit le bien mobilier de sa famille,
qui pouvoit se monter à deux millions, argent de France. Il lui avoit donné les dia-
mans de la couronne d'Angleterre, que
Jacques II avoit emportés avec lui, ainsi
que le fameux rubis, engagé autrefois par
la république de Cologne, au célèbre So-
biesky, son beau-père; mais cette duchesse
d'Albanie mourut avant son père, à l'âge
d'environ 40 ans.

86. L'opinion que je me suis formée de
l'état présent des Sciences et des Arts en
Italie, après avoir appliqué mon attention
à cet objet, est fort au-dessus de celle que
j'en avois avant que d'y avoir été. Pendant
mon séjour dans les grandes villes de ce
beau pays, j'ai cherché à y connoître les
savans et les gens de lettres, et j'en ai
trouvé plusieurs dont le génie et les lumières ne le cèdent en rien à ceux dont on re-
lève tant le mérite en France; mais ils auroient besoin de secours pour cultiver leurs
talens et se faire connoître au-dehors. Quel-

ques - uns vivent sous le gouvernement de
Princes qui manquent de volonté ou de
moyens pour encourager les efforts des esprits disposés aux sciences ; d'autres sont
privés des ressources d'une grande ville ,
comme Paris , pour y concevoir le germe
de leurs idées , le faire croître avec succès
par le commerce des gens de lettres , et le
polir en le présentant à la bonne compagnie. J'en ai connu à qui il ne manquoit
que des prôneurs zélés pour avoir au moins
une réputation égale à celle de plusieurs
importans de Paris. En général , c'est un
désavantage pour le progrès des arts et des
sciences, de n'avoir pas dans un grand pays,
une seule grande capitale , qui soit le point
de réunion du génie et des talens , et un
Gouvernement puissant pour les mettre en
œuvre et les récompenser.

Malgré tous ces inconvéniens, j'ose avancer que quoique l'Italie n'ait guère plus de
la moitié de la population de la France, elle
n'a pas fourni moins de grands hommes
depuis un siècle que la nation la plus peuplée de l'Europe. Je ne parlerai point de
la prééminence des Italiens dans la pein-

ture, la sculpture et l'architecture; il n'y
a personne qui ne reconnoisse leur supériorité dans ces arts, et qui n'aille les étu-
dier chez eux. Pour la musique, il ne faut
qu'avoir des oreilles pour en juger : Guy
d'Arezzo, il y a près de 800 ans, inventa
la méthode de la noter sur des lignes parallèles pour indiquer les tons, et donna des
noms à chaque ton. Depuis ce tems-là les
Italiens ont constamment perfectionné cet
art, et leur goût est la règle de toutes les
autres nations. Que ce soit l'effet du climat,
ou l'harmonie de leur langue, la poésie est
portée parmi eux au plus haut degré d'ex-
cellence. Le Dante, Pétrarque, l'Arioste,
le Tasse, Guarini, Bembo, Redi, Caro,
Marchetti, Chiabrera, Metastasio, mille
autres dont l'énumération seroit infinie,
ont surpassé les poëtes modernes de toutes
les nations. Ils ont eu aussi d'excellens historiens : Machiavel, Guicciardini, Davila,
Fra Paolo Sarpi, Gianoni, en font foi; et
de nos jours l'Histoire de la Guerre de Ve-
letri, par Castruccio Buonamici, est écrite
en latin avec toute la pureté du siècle d'Auguste, et le génie de Tacite. L'histoire des
Révolutions d'Italie, par Denina, est une

des meilleures productions du siècle en ce genre , malgré les entraves où se trouvoit l'auteur. Pour l'érudition et les antiquités , c'est la patrie des Aldes , des Scaliger , de Vacca , Sadoletti , Gori , Baronius , Bianchini , Ligori , Noris , Muratori , Pacciaudi , Ficoroni , Venuti , Maffei , Zeno , Mazocchi , etc.

En médecine ils ont eu des génies de la première classe. Fabricius ab Aquapendente , et Césalpin , ont enseigné la circulation du sang ; et Harvey , qui avoit étudié sous le premier à Padoue , l'a ensuite démontrée. Salviani , Malpighi , Redi , Baglivi , Morgagni , Fallope , ont fait de très-belles découvertes en cette science , et les trompes fallopiennes portent encore le nom de ce dernier. La botanique et l'histoire naturelle leur ont aussi les plus grandes obligations. Césalpin a établi le système de Linnée , qui le reconnoît lui-même. Aldovrandi , Marsigli , Redi , Targioni , Tozzetti , Salviani , Pompeo , Neri , Fontana , le père de la Torre , ont publié des ouvrages remplis d'idées infiniment utiles pour l'avancement de ces sciences , ainsi que l'abbé Spa-

lanzani, sur qui toute l'Europe savante a
les yeux fixés.

Dans l'algèbre, l'astronomie, la géométrie, et les mathématiques, quelle nation a
fourni plus de grands hommes ? On regarde
avec raison Cavallieri comme l'inventeur
du calcul des infiniment-petits : son maître
Galilée, dont le nom seul est un éloge, est
le fondateur de la saine astronomie ; son
ami Torricelli, mort jeune, a beaucoup
contribué à perfectionner la physique et la
géométrie. Viviani fut aussi un digne disciple de Galilée. Eustace Manfredi étoit en
même tems savant astronome et bon poëte.
Borelli a donné plusieurs excellens ouvrages
d'astronomie, de mathématiques, de phy-
siologie, qui font autorité parmi les plus
savans. Guglielmini a, pour ainsi dire, formé une nouvelle science dans son ouvrage
de la nature des rivières et des eaux cou-
rantes; et il étoit aussi habile médecin que
grand physicien et mathématicien. Le père
Boscovich, que j'ai connu à Pise, et qui a
écrit des poëmes latins sur les sciences exactes, avec l'élégance de Virgile ; le père Boscovich, par la profondeur et la généralité

de ses connoissances, doit être nommé immédiatement après Descartes, Newton, et Leibnitz. Et que dirons-nous du célèbre La Grange de Turin, sans rival en Europe pour l'algèbre et la géométrie? Dès l'âge de dix-neuf ans il avoit publié des traités qui faisoient l'étonnement de MM. Euler et d'Alembert. Il ne faut pas omettre de parler de Jean-Baptiste Porta, à qui, malgré ses rêveries, la physique et l'histoire sont redevables de plusieurs inventions ingénieuses, entr'autres de celle de la chambre obscure. Je passe sous silence les grands jurisconsultes, Accurse, Bartoli, Alciat; les métaphysiciens Moniglia, Genovese; mais ce seroit une preuve d'ignorance ou d'injustice d'omettre de parler de Zabaglia, dont la méthode aussi simple que savante dans la mécanique, fut tellement utile dans les travaux qui lui furent confiés à Rome, et dans les autres parties de l'Italie.

On juge bien que je n'ai pas prétendu faire ici une revue bien exacte de tous les grands hommes qu'a produits l'Italie; on trouvera peut-être que j'en ai oublié quelques-uns, et l'on aura raison. J'aurois dû parler, par exemple, de l'abbé Fortis, habile naturaliste ; du docteur Toaldo, professeur d'astronomie à Padoue ; de Tiraboschi, savant auteur d'une Histoire de la littérature Italienne, en 12 vol. *in-4°.* ; du comte Alfieri, de Turin, grand poëte tragique ; du marquis Gagliani, savant éditeur de Vitruve ; de l'abbé Gagliani, son frère, auteur du dialogue sur les blés, qui fut si fort approuvé à Paris, et d'un traité en italien sur les monnoies, trop peu connu ; du bon Goldoni, le Molière de son pays ; du père Frisi ; du marquis et du père Beccaria ; des deux comtes de Veri de Milan ; du comte de Saluces, président de l'Académie Royale de Turin, savant chymiste et physicien ; du chevalier Andréani ; qui a imaginé un eudomètre pour mesurer la salubrité de l'air. Ces auteurs vivent la plupart encore aujourd'hui, et je les ai tous vus et fréquentés ; mais la liste en seroit trop longue, et je m'arrête ici pour prendre haleine.

87. Le cabinet d'Histoire Naturelle de Vienne a été formé à Florence, par le chevalier Baillou, qui le vendit à l'empereur

François I, et en fut nommé le Directeur.
La description qu'en a donné *Joannon de
St.-Laurent*, disciple de Baillou, à Lucca,
en 1746, *in-4°.*, étant devenue très-rare,
j'en ai fait un extrait, que les amateurs en
ce genre ne seront pas fâchés de trouver ici.

PRINCIPES MINÉRALOGIQUES.

Il y a trois grandes divisions : les *Pétrifications*, les *Métaux*, les *Pierreries*.

Les Pétrifications sont : 1°. des corps
pénétrés ou enveloppés de la matière des
pierres ; 2°. des corps dans lesquels, ou
autour desquels, cette matière s'est moulée
exactement, et tellement confondue avec
les parties de ces corps, qu'ils ne paroissent
plus qu'avec le caractère de pierres. Du
premier ordre de ces corps sont, les bois et
les os fossiles ; quelques pierres, où sont
représentés des végétaux, des poissons, etc.
Du second ordre, sont plusieurs crustacées
et testacées, comme les échins, les can-
cres, et une infinité de coquilles de toutes
sortes.

Les corps se pétrifient en admettant le
suc pierreux dans leurs pores. Les dents,

les os , corps plus compactes , ne se pétrifient qu'après une espèce de calcination
naturelle , qui en a consumé les huiles, et
disposé leur contexture à recevoir le suc
pétrifiant.

Les parties homogènes d'un corps pétri-
fié , considéré comme dépendant du règne
minéral , sont les parties terrestres , pier-
reuses , crystallines et métalliques , en-
gaînées dans la contexture du fossile. Les
parties hétérogènes du même corps (hétérogènes du règne minéral) sont ses fibres ,
son squelette ; en un mot , ces parties du
fossile qui ont conservé sa contexture ori-
ginelle. Cela s'entend pour le règne minéral
simplement ; ce seroit le contraire , si l'on
considéroit les fossiles dans un autre sens.

Dans un cabinet il faut tâcher d'avoir les
corps analogues des corps pétrifiés , pour
déterminer quelles sont les parties hétérogènes relativement au règne minéral.

Les neuf collections des analogues sont :
1°. les plantes marines ligneuses de substance cornée ; 2°. les plantes marines pier-

reuses et poreuses ; 3°. les coraux ; 4°. les crustacées ; 5°. les coquillages ; 6°. les plantes marines pétrifiées ; 7°. les plantes terrestres, bois, feuilles et fruits pétrifiés ; 8°. les crustacées et les coquillages pétrifiés ; 9°. les poissons et leurs parties, avec celles de quelques autres animaux pétrifiés.

Les Métaux sont des mixtes de terre vitrescible, de sel vitriolique, de soufre. De ces mixtes, il se forme des dissolutions, des *crocus,* qui colorent les corps crystallins exposés à leur action, et les fait servir de transition aux pierres précieuses. La terre séparée reste composée de petits canaux ou tuyaux, criblés par l'évaporation des sels et des huiles.

La 10e. collection consiste en terres, sables, et graviers ; la 11e. collection, en sels, fossiles, nitres, aluns, vitriols ; la 12e. collection est composée des soufres, des bitumes, ou sels unis à un phlogistique.

La terre des métaux est peut-être une sorte de suc ou matière pierreuse. Dans le cuivre, au microscope, elle est comme un composé de petits rubis ; dans l'étain , elle est cristalline ; elle est talqueuse dans le plomb.

Cette terre est vitrescible ; c'est donc un suc pierreux qui en est la base , le même qui fait le fond des sables, des graviers , des cailloux.

Ainsi la 13e. collection des *sucs pierreux*, est une suite naturelle des précédentes.

Il y a différens sucs pierreux , qui, unis par accident à des terres , des sables , des graviers, forment à proportion du mélange, les différentes espèces de pierres.

Et peut-être , par la même raison , les sucs qui feroient la terre des métaux , en s'unissant aux sels et aux soufres convenables , feroient-ils les genres et les espèces de métaux.

C'est d'après ces motifs que le chevalier Baillou , considérant en premier lieu les pierres dans leurs familles , les distribuoit dans les collections suivantes , d'où il passoit aux métaux.

Ces collections sont : la 14ᵉ. des incrustations et des pierres sablonneuses et graveleuses ; la 15ᵉ. des albâtres, et pierres serpentines tendres ; la 16ᵉ. des marbres granits et porphyres ; la 17ᵉ. collection est composée de toutes les différentes sortes de jaspes ; la 18ᵉ. des agates, chalcédoines, et cornalines ; la 19ᵉ. collection consiste dans ces pierres à prétendues vertus, comme la pierre *stellaris*, les pierres judaïques (qui ne sont que des épines d'échin), la crapaudine, la turquoise, etc. et l'aimant qui seul a une vertu efficace parmi les pierres de cette classe.

Il est une grande partie des métaux en leur état naturel, qu'on mettroit dans le nombre des pierres, à en juger par le coup-d'œil. Il n'y a même que les gens de l'art qui les distinguent.

Le pyrite, presque pure pierre, mais sulfureuse, qui souvent a du métal, et qui en est l'avant-coureur, offre une transition des plus naturelles, et fait la 20ᵉ. collection des pyrites ou marcassites. La 21ᵉ. collection consiste dans les métaux et autres minéraux, tels qu'on les trouve dans leurs mines.

Le *suc pierreux*, qui forme les pierres précieuses, est pur; ce qui les colore est la seule chose qui s'y unisse : c'est la substance la plus parfaite du métal, ou du minéral, leur fleur.

Les *quartz* et *flueurs*, qui dépendent des métaux, font partie de la 21ᵉ. collection; et ils ont trop de rapport, par la couleur et la transparence, avec les pierres précieuses, pour ne pas se nuer avec elles. Ils servent donc de transition à la 22ᵉ. collection des *cristallisations* et des *pierres précieuses* attachées à leurs mines, décrites au long dans le corps de l'ouvrage. Relativement à cette classe, le chevalier Baillou établit deux principes : 1°. que chaque sorte de pierre précieuse se forme d'un suc qui lui est particulier, et qui affecte une configuration propre à son genre ; 2°. que l'essence des pierres précieuses n'est pas qu'elles soient colorées (ce n'est qu'un accident), mais elle consiste dans leur dureté, leur gravité spécifique, et leur configuration.

La 23ᵉ. collection consiste dans les pierres précieuses taillées ; enfin, la 24ᵉ. collec-

tion est composée des pierres factices. De
la turquoise au rubis toutes les pierres fines
peuvent être imitées par le moyen de la
chimie ; mais l'examen de leur gravité spécifique et de leur dureté, dévoile au naturaliste la vérité de leur état.

Selon les principes du chevalier Baillou,
on peut passer par les plantes marines ligneuses aux plantes marines molles, et de
là à la botanique terrestre ; des crustacées
et des testacées on peut aller aux poissons,
aux amphibies, reptiles, quadrupèdes,
oiseaux, etc. *Vid.* n°. 167.

88. J'allois autrefois souvent à Paris, je
voyois beaucoup ce qu'on appeloit alors *les
philosophes.* C'étoit sur-tout chez madame
Geoffrin, chez le baron d'Holback, et chez
M. d'Alembert, qu'étoient leurs principaux
rendez-vous. C'étoit là que l'on tramoit
sourdement la destruction de la Religion,
du Clergé, de la Noblesse, du Gouvernement. Dès l'année 1766 je disois aux Evê-
ques liés avec eux : Ils vous détestent ; aux
grands Seigneurs qui les protégeoient : Ils
ne peuvent soutenir l'éclat de votre rang,

qui les éblouit; aux Financiers qui les prô-
noient : Ils envient vos richesses. On continuoit à les admirer, à les flatter, à les
prôner. En 1769 je tentai d'alarmer la société sur les progrès qu'ils faisoient; je pu-
bliai à Rome une brochure, intitulée le
Tocsin, qui fut ensuite réimprimée à Turin et à Paris. J'y dévoilois leurs desseins
destructeurs. L'année suivante ayant eu occasion de voir Voltaire à Genève, il me prit
à partie sur cette publication; mais je crois
que je ne me tirai pas mal de cette attaque.
Je passai les années 1774, 1775 et 1776 à
Paris, et fis paroître le *Tocsin*, sous le titre
de *l'Appel au Bon Sens*, toujours n'en
voyant pas moins les philosophes, car on
les trouvoit dans toutes les compagnies :
j'allois même quelquefois chez M. d'Alembert; et comme je leur avois déclaré guerre
ouverte, je n'avois pas de duplicité à me
reprocher. Ils me ménageoient cependant,
non que j'eusse rien en moi qui pût leur
en imposer; mais j'avois le bonheur d'être
bien vu de feu M. le prince de Conti, de feu
M. le duc de Choiseul, et de plusieurs
autres personnes qu'ils craignoient. Malgré
cela, ils ne perdoient pas l'occasion de me

dénigrer. Condorcet, sous le nom d'un théologien, écrivant contre l'abbé Sabathier, qui m'avoit loué, en prit occasion de me critiquer. Le chevalier de Châtellux, qui étoit dévoué aux soi-disant philosophes, m'avoit fait beaucoup de politesse en 1774; il désira même être lié d'amitié avec moi, du moins il me le dit. Il publia un ouvrage, *De la Félicité publique*, où il fait mention honorable de moi ; mais ayant envoyé son livre à Voltaire, celui-ci, choqué de me voir loué par un de ses sectateurs, lui en fit de sanglans reproches dans une lettre conçue en termes injurieux contre moi. Ce même chevalier de Châtellux, qui m'avoit demandé mon amitié, fut lire cette lettre dans les cercles, entr'autres chez la maréchale de Luxembourg et chez madame de Trudaine, deux maisons où j'allois souvent, et dans lesquelles je n'en fus pas moins bien reçu. Un de mes amis fit sentir au chevalier de Châtellux combien une telle conduite étoit peu digne d'un homme bien né, et exigea de lui une sorte de réparation de sa faute, ce qu'il fit ; mais deux ou trois ans après il n'en donna pas moins cette lettre à l'impression. Quand Beaumarchais invita ceux qui avoient des lettres de Voltaire, à les lui envoyer pour les publier, je fus informé de cela ; et du moins, à mon corps défendant, je crus devoir communiquer aux éditeurs de Voltaire deux lettres que j'avois de M. de Voltaire lui-même, qui pouvoient servir de contre-poison au tort qu'il vouloit me faire ; mais Condorcet, le principal éditeur, ne les inséra pas, quoiqu'elles valussent bien cent autres qu'il a publiées. La première est, lorsque je lui écrivis pour le consulter sur l'édition que je voulois donner de toutes les œuvres du célèbre Leibnitz. Voici sa réponse :

Au Château de Ferney, par Genève,
6 novembre 1764.

« MONSIEUR,

» Vous rendez un grand service à tous les amateurs des sciences, en faisant une collection complète des œuvres du célèbre Leibnitz. Près de la moitié étoient éparses comme les feuilles de la Sybille, et il y a même bien des choses qui ressemblent assez aux oracles de cette vieille, c'est-à-dire, qu'on ne les entend guère. Vous les enri-

chirez sans doute, Monsieur, de vos judi-
cieuses remarques. Je suis malheureusement peu à portée de vous servir ; je com-
mence même à désespérer de pouvoir lire
ce recueil intéressant, car je suis en train
de perdre entièrement la vue. L'état où je
suis ne me permet pas de vous écrire de ma
main ; je n'en suis pas moins sensible à
l'honneur que vous me faites, j'en sens tout
le prix. J'ai l'honneur d'être avec la plus
respectueuse estime,

» MONSIEUR,

» Votre très-humble et très-
obéissant serviteur,

» VOLTAIRE,

« Gentilhome ord. de la Chambre du Roy. »

La signature, (de près d'une ligne) toute
entière de Voltaire, est de sa main, et assez
singulière ; j'en dirai un mot, après avoir
rapporté l'autre lettre qu'il m'écrivit, pour
me remercier du présent que je lui avois
fait d'un exemplaire de mon édition de
Leibnitz, en 6 vol. *in*-4°. très-bien relié.

« MONSIEUR,

» Vous rendez un grand service aux lettres, et vous me faites un présent dont je sens tout le prix. Vous êtes comme Isis, qui rassembla tous les membres épars d'Osiris, et qui le fit adorer. Je croirai posséder Leibnitz chez moi, si jamais vous me faites l'honneur de venir dans mon hermitage.

» Pardonnez à un vieux malade, s'il ne vous remercie pas plus au long ; je n'en suis pas moins pénétré de reconnoissance et de tous les sentimens que je vous dois.

» J'ai l'honneur d'être,

» MONSIEUR,

» Votre très-humble et très-obéissant serviteur,

Au Château de Ferney,
ce 9 juin, 1768.
          » VOLTAIRE. »

Le contraste entre ces lettres et la lettre injurieuse qu'il écrivoit contre moi au chevalier de Châtellux, est on ne peut pas plus frappant, et n'a pas besoin de commentaire. Ce que j'avois à dire de la signature de la première lettre est ceci : J'avois vu plusieurs lettres de la main de Voltaire, et j'avois remarqué dans toutes un défaut d'orthographe. J'étois bien éloigné de conclure qu'il l'ignoroit ; mais j'observois cela en compagnie. Quelqu'un me soutint que je me trompois, et paria que je ne pourrois pas produire une faute d'orthographe dans une lettre de Voltaire. Je dis que j'en avois deux, et les proposai pour pari ; on l'accepte, je les vais chercher ; mais comme il y avoit plus de vingt ans que je ne les avois lues, j'avois oublié qu'il n'y avoit que la signature de sa main. Cependant, dans la signature de la première lettre il se trouva une faute d'orthographe, et même à la rigueur deux, en sorte que je gagnai mon pari. Je n'ai pas besoin de les indiquer, elles sautent aux yeux.

89. Le chevalier Gatti, habile médecin, disoit un jour au grand-duc de Toscane : Quand on est malade, c'est une dispute entre le malade et la maladie ; on appelle un médecin, qui vient, les yeux bandés, un bâton à la main, pour terminer la querelle.

S'il frappe sur la maladie, il guérit le malade; s'il frappe sur le malade, il le tue.

90. On se nourrit des *anciens*, on les presse, on en tire le plus que l'on peut, on en renfle ses ouvrages; et quand l'on est auteur, et que l'on croit marcher tout seul, on s'élève contre eux, on les maltraite; semblable à ces enfans *drus* et forts d'un bon lait qu'ils ont sucé, qui battent leur nourrice. — *Caractères de La Bruyère, chap.* 1er.

91. L'abbé M***, au commencement de la révolution en France, parut un des plus zélés à la favoriser; il écrivit contre la Noblesse, et par ses discours et ses ouvrages il se montra l'un des plus ardens défenseurs de l'Assemblée nationale; mais lorsque, par les opérations de l'Assemblée, il se vit privé de son bénéfice, de sa pension et d'un traitement de six mille livres qu'il avoit, pour faire un Dictionnaire de Commerce, il commença à blâmer la conduite de l'Assemblée. Il écrivit alors à lord Lansdowne une longue lettre, dans laquelle il se plaignoit beaucoup des revers qu'il avoit éprouvés; sur

quoi lord Lansdowne lui répondit : « Qu'il
» devoit se regarder comme un soldat blessé
» dans une armée victorieuse. »

92. L'amitié est l'union de deux corps
par une seule âme, ou une âme en deux
corps : Μία ψυχὴ δυὸ σώμασι ἐνοικοῦσα, selon
Aristote et *Diogènes de Laërce*. Plutarque
a dit à peu près la même chose : Μίας ψυχῆς
ἐν πλείοσι διηρημένης σώμασι. Tom. 1, pag. 167,
lig. 19, édit. *Reisk*.

93. S. Augustin (*Confess*. lib. IV, c. VI.)
exprime bien fortement le regret que lui
causoit la mort de son ami : « M'étant tou-
» jours regardé comme un autre lui-même,
» je m'étonnois de me voir vivre après sa
» mort; je sentois que son âme et la mienne
» n'avoient été qu'une seule âme en deux
» corps. La vie m'étoit en horreur; il me
» sembloit n'être vivant qu'à demi, et ce-
» pendant je craignois de mourir, de crainte
» que celui que j'avois tant aimé ne mourût
» entièrement. »

94. A vingt ans on tue le plaisir; à trente
on le goûte; à quarante on le ménage; à

cinquante on le cherche ; à soixante on le
regrette.

95. La comtesse Amélie de Boufflers disoit : « Il ne peut être question d'estime en
» amour ; car quel est le but d'un amant,
» sinon de faire perdre à celle qu'il aime
» tout droit à son estime ? » Ceci est très-
juste, pourvu qu'on l'applique seulement
à l'amour de galanterie.

96. Le chevalier Robinson, grand et fluet,
demandoit un jour à lord Chesterfield de
faire quelques vers sur lui ; lord Chesterfield fit aussitôt ce distique, qui perdroit à
être traduit :

> Unlike my subject now shall be my song ;
> It shall be witty, and it sha'n't be long.

97. C'est une jolie devise que celle qui se
trouve sur une médaille, représentant le
vent qui souffle sur une girouette ; la girouette dit : *Si tu ne changes, je ne tourne.*

98. Les événemens malheureux de notre
vie peuvent être tournés à notre avantage
par notre constance à les supporter. C'est
la pensée de *Marc-Aurèle*, rapportée au
N°. 15, mais exprimée différemment.

99. Les rois de France, disoit le cardinal de Retz, n'ont pas cru s'abaisser, en se liant eux-mêmes à leurs ordonnances; semblables à Dieu, qui obéit toujours à ce qu'il a commandé une fois.

100. Belle expression dans ce passage d'*Agathon*, par Wieland! « Je jouissois de » cette félicité, qui donne aux jours la ra- » pidité des instans, et aux instans la valeur » des siècles. »

101. L'abbé Gagliani et l'abbé Raynal étoient les deux plus grands parleurs que j'aie connus. Un ami du dernier, qui s'amusoit de tout, voulant se donner le plaisir de les faire rencontrer ensemble, invita l'abbé Gagliani chez lui. L'abbé Gagliani entama la conversation, s'en empara si bien, et parla avec tant de volubilité, que l'abbé Raynal ne trouvoit pas le moindre intervalle pour placer un mot; sur quoi se tournant vers son ami, il lui dit tout bas : S'il crache, il est perdu.

102. La présomption a tant de hauteur et si peu de base, qu'elle est facile à renverser. *Mémoires de madame de Staal.*

103. On reprochoit à M. Whitfield d'a-

voir consacré aux hymnes qui se chantoient
dans son église, des airs connus pour ap-
partenir à quelques chansons mondaines :
« Voudriez-vous, dit-il, que le diable fût
» en possession de tous les beaux airs ? »

104. Une jeune et jolie fille, borgne de
l'œil droit, avoit un frère borgne de l'œil
gauche. Voici un distique par *Amalteo*
sur ce sujet, digne des beaux tems de la
Latinité :

Blande puer ! lumen quod habes concede sorori;
    Sic tu cœcus Amor, sic erit illa Venus.

105. M. de la Musanchère, évêque de
Nantes, est mort à quatre-vingt ans ; son
père en avoit quatre-vingt-un quand il vint
au monde, et son grand-père avoit quatre-
vingt-quatre ans quand son père naquit ;
ensorte qu'il y avoit deux cent quarante-
cinq ans entre la naissance de son grand-
père et de sa mort.

106. M. de Gouvernet dînant un jour, en
1793, à Londres avec la chevalière d'Eon,
dans le tems qu'elle parloit d'aller en France
se mettre à la tête d'une légion, lui demanda
si ce seroit une légion de poissardes.

107. Dans le tems que le roi de Suède étoit à Paris, en 1771, une Dame disoit de lui à un Suédois: « *Votre Roi est une tête* » — « *Couronnée*, Madame, reprit-il, en l'interrompant.

108. De tous ceux qui ont traité du *beau*, le père André, Jésuite, est le seul qui en ait donné des idées claires, et qui ait posé des principes sûrs pour le discerner. Platon, parmi les anciens, discute ce sujet dans son dialogue d'Hippias; mais après avoir pendant long-tems dit ce que le *beau* n'est pas, il vous laisse dans l'ignorance sur ce qu'il est. Plutarque et S. Augustin ont posé le principe qui constitue le beau. Le premier, dans son discours περι τῦ ἀκούειν, dit : τὸ μεν καλὸν ἐκ πολλῶν οἶον ἀριθμῶν εἰς ἕνα καιρὸν ἡκόντων, ὑπό συμμετρίας τινὸς κ̀ ἁρμονίας ἐπιτελεῖται : (vid. N°. 77). C'est la variété réduite à l'unité par l'harmonie et la symétrie, et c'est cette idée que le père André a si bien développée dans son ouvrage. S. Augustin avoit aussi avancé que *Omnis porrò pulchritudinis forma unitas est. Epist.* 18, *edit. P. P. Benedict.* L'expression de celui-ci n'est pas aussi complète que celle de Plu-

tarque , mais elle tend au même principe. Voyons en peu de mots comment le père André a développé l'idée de Plutarque :

Il établit plusieurs sortes de *beaux* : le beau moral, le beau sensible ou visible, le beau musical, le beau dans les ouvrages d'esprit.

Dans le beau moral, il y a trois sortes de beaux. — Le beau moral *essentiel*, ou la conformité du cœur avec l'ordre essentiel, qui est la loi de toutes les intelligences. — Le beau moral *naturel*, conformité du cœur avec l'ordre naturel, qui est la loi générale de toute nature humaine. — Le beau moral *civil*, qui est la loi commune de tous les hommes réunis dans un même corps de cité ou d'Etat. Ceci s'applique à toute espèce de Gouvernement ; ce sont toutes les volontés se réunissant dans une seule. Dans la conduite d'un individu, comme dans la conduite d'un Etat, il faut que toutes les actions tendent à une même fin ; c'est donc toujours la variété réduite à l'unité qui constitue le beau.

De même, dans le beau *visible*, c'est l'accord qui résulte des proportions que la

III.   G

nature ou l'art mettent dans leurs productions ; un ensemble de parties , si bien ar-
rangées , à l'aide de la symétrie , que l'on
puisse en saisir le tout d'un coup-d'œil.

Ainsi , pour le beau *musical* , toutes les
parties d'un concert, les voix, les différens
instrumens , doivent être tellement d'accord , qu'elles forment une belle harmonie,
un son que l'oreille puisse saisir comme un
seul son.

En suivant ce principe ingénieux , on
trouvera qu'il peut s'appliquer également
à un tableau , à un poëme, à un parterre,
à un bâtiment, etc. Le livre du père André , *Essai sur le beau* , *in*-12. n'est pas
aussi connu qu'il mérite de l'être ; cependant, j'ose dire que c'est l'ouvrage le plus
propre à former le goût. *Voyez* N°. 77.

109. Le goût est *le discernement du beau*.
Un vrai connoisseur des arts , qui voit l'ouvrage d'un grand maître , en saisit, au premier coup-d'œil , le mérite et les beautés :
il peut y trouver ensuite des défauts, mais
il vient toujours à ce qui lui a plu ; il aime

mieux admirer que trouver à redire. Commencer à trouver des défauts où il y a de grandes beautés à saisir, est une preuve assurée de manque de goût. J'ai fait cette remarque pendant le cours de plusieurs années en Italie. Tous les jeunes gens cherchoient les défauts dans les plus beaux ouvrages du Corrège, du Guide, de Raphaël, dans la Vénus de Médicis, l'Apollon du Belvédère, le bâtiment de S. Pierre ; ceux qui profitoient des leçons qu'on leur donnoit, n'y voyoient plus que les beautés. Le ridicule saute aux yeux des enfans ; ils n'ont pas encore l'esprit assez formé pour apercevoir les bonnes qualités.

110. Les grâces sont des agrémens qui accompagnent notre maintien, nos discours et nos actions. Elles consistent dans le rapport des attitudes, des gestes, des expressions, des pensées, avec la fin qu'on se propose : *c'est le mouvement propre à la chose.*

111. C'est grand dommage que le parallèle de Plutarque entre Alexandre et César ne nous soit pas parvenu. Je crois qu'il n'eût

pas hésité à donner la prééminence au premier. Une seule considération doit décider la question. Alexandre est mort à trente-trois ans, et déjà il avoit fait les grandes choses qui nous étonnent encore. César, long-tems après cet âge, n'avoit encore rien fait de remarquable. Il naquit 100 ans avant Jésus-Christ, et fut tué l'an 44 avant notre ère. Il avoit environ trente-sept ans dans le tems de la conjuration de Catilina; il est encore douteux qu'il ait trempé dans cette conjuration, puisqu'on lui donna à garder un des conjurés. La seule action par laquelle il se fût distingué alors, étoit qu'à l'âge de vingt-cinq ans il avoit armé quelques vaisseaux contre les pirates, qui infestoient les environs de l'île de Rhodes, et les côtes voisines de l'Asie. Il fut dix ans à conquérir les Gaules avec les armées Romaines, alors victorieuses partout; et l'on sait par lui-même le peu de résistance que fit Pompée à la bataille de Pharsale. D'un autre côté, considérons Alexandre, qui, à l'âge de dix-sept ans, décide par sa valeur du gain de la bataille de Chéronée, et y sauve la vie à son père; voyons-le, à vingt ans, se faire déclarer Chef de la Grèce dans l'expédition contre les Perses ; et, avant de passer en Asie, ne voulant pas laisser d'ennemis derrière lui, voyons-le marcher contre les Illyriens et les Tréballiens (la Hongrie et la Bulgarie), nations guerrières que son père n'avoit jamais pu soumettre, les réduire aux termes qu'il voulut leur prescrire ; et trouvant à son retour les Thébains déclarés contre lui, il les bat, détruit cette République, alors la première de la Grèce ; et plein de confiance, passe à vingt ans en Asie avec trente-cinq mille hommes. Si l'on considère ensuite sa conduite politique, on ne peut que l'admirer, autant que sa valeur. Après avoir gagné la bataille d'*Issus*, au lieu de poursuivre Darius, il réfléchit qu'il convient de ne pas le laisser maître de la mer ; il marche donc vers Tyr, la prend, s'assure des forces maritimes du roi de Perse, passe en Egypte, y fonde une ville encore célèbre par son nom, subjugue l'Egypte, revient sur ses pas, soumet toute l'Asie connue à son obéissance ; il adopte en partie les usages des Perses, épouse une fille de Darius, et fait épouser à ses Généraux les filles des principaux Seigneurs Persans, dont il fait élever les fils à la macédonienne. Rien n'est plus beau, sur ce sujet, que les deux traités de Plutarque, intitulés *De la Fortune d'Alexandre.*

112. Le cœur, en langage métaphysique, est l'âme, considérée comme le siége des sensations ; de même que l'esprit est l'âme, considérée comme le siége des idées : les sensations, quoiqu'occasionnées par les mêmes objets, peuvent être différentes chez les différens individus, suivant leur constitution particulière. Le résultat de toutes les sensations formant donc un tout dans chaque individu, qui s'appelle le cœur, comme le résultat des idées forme un tout qu'on nomme l'esprit, il est naturel que le cœur, aussi bien que l'esprit, soit différent dans différens sujets, et que chacun ait son cœur, comme on dit que chacun a son esprit. Ainsi, quoique deux personnes aiment le même objet, elles n'en seront point affectées de la même manière ; par la nature de leurs constitutions différentes, cet objet n'aura pas fait sur elles une même impression. De là cette diversité dans la manière de penser et de sentir, presque aussi remarquable que dans les visages. Cette diversité paroîtroit encore plus grande, si

chacun vouloit ouvrir son cœur, et communiquer sa pensée avec franchise.

113. Un Financier à Paris, sachant qu'une Dame qu'il aimoit, avoit tous les ans grande envie de manger les premiers petits pois de la saison, lui en apportoit un jour un plat qu'il avoit payé cent écus. « Hélas ! dit-elle, Monsieur, je ne puis » profiter de votre attention, mon Médecin » m'a mis au lait. » « Hé bien, Madame, » il y a du remède à tout, » répondit-il, et il fit manger les petits pois à la vache dont elle prenoit le lait.

114. M. de Calonne, dormant un jour dans son lit, le *ciel* du lit tomba sur lui et pensa l'étouffer. Les uns s'écrioient malignement à ce sujet : *Juste Ciel !* d'autres disoient que c'étoit un *lit de justice*. Il m'a dit lui-même qu'il se trouvoit tellement accablé sous le poids de ce ciel de lit, qu'il fut plusieurs heures sans pouvoir se remuer pour tirer sa sonnette, et fut obligé d'attendre l'heure où son valet-de-chambre entra.

115. C'est un bel argument en faveur de la religion que la conclusion de l'*Essai de*

Philosophie Morale de Maupertuis, au tome premier de ses œuvres : « Tout ce qu'il » faut faire, dans cette vie, pour y trouver » le plus grand bonheur dont notre nature » soit capable, est sans doute cela même » qui doit nous conduire au bonheur » éternel. »

116. M. Pitt, au commencement de 1784, retint sa place de premier Ministre contre tous les efforts de l'Opposition ; et quoique leur nombre se fût accru jusqu'à avoir une majorité de cent voix contre lui, il fut six semaines sans vouloir leur donner la satisfaction de le voir quitter. Enfin la majorité contre lui allant toujours croissant, il dit un jour au Roi : « Sire, je suis mortifié de » voir que ma persévérance n'aboutit à » rien, et qu'il faudra enfin que je résigne. » « En ce cas, dit le Roi, il faudra donc que » je résigne aussi. » Ce fut alors que le chancelier Thurlow conseilla au Roi de dissoudre le Parlement, et par-là de prendre l'avis de la Nation. En effet, le nouveau Parlement fit bien connoître que la nation approuvoit les mesures du Roi et de son Ministre, car M. Pitt eut alors une très-

grande majorité , qu'il a toujours conservée depuis.

117. Quand l'infortuné Louis XVI périt d'une manière si cruelle , je fus frappé de la ressemblance qu'il y avoit entre son sort et celui de Charles I , roi d'Angleterre ; et je le fus encore plus, lorsque , lisant l'histoire de la fin tragique de ce dernier Prince dans Clarendon , je trouvai tant de rapports entre leurs caractères, leurs vertus et leurs foiblesses. Je fis l'extrait du portrait que Clarendon a fait du roi Charles; je le, fis voir à plusieurs des Seigneurs et des Dames qui avoient approché le plus Louis XVI. Tous convinrent que ce portrait paroissoit avoir été fait pour ce digne et malheureux roi. Voici ce portrait traduit exactement de Clarendon ; je n'en ai omis que quelques faits , qui ne changent en rien la nature du portrait.

Il est nécessaire d'ajouter ici en peu de mots le caractère de Charles I , afin que la postérité connoisse quelle perte inestimable la nation a faite par la privation d'un Prince, dont l'exemple auroit eu autant de pouvoir

sur les mœurs et la piété de la nation que
les lois les plus sévères. Pour parler d'abord
de ses qualités, considérées comme person-
nelles, avant que de faire mention de ses
qualités royales, il méritoit, si jamais personne l'a mérité, le titre d'honnête homme.
Il étoit si amateur de la justice, qu'il n'y
avoit point de tentation capable de le faire
pencher du côté de l'injustice, à moins
qu'on ne lui déguisât tellement les choses,
qu'il crût juste ce qui ne l'étoit pas. Comme
il étoit naturellement plein de compassion,
il ne faisoit jamais rien qui marquât en lui
aucune dureté de cœur...... Il étoit fort
ponctuel et régulier dans ses dévotions ; il
ne prenoit jamais aucune récréation, ni
divertissement, qu'il n'eût assisté aux prières publiques, ensorte que, dans les jours
de chasse, ses aumôniers étoient obligés de
faire le service de meilleure heure : il étoit
aussi très-exact à ses dévotions particulières dans son cabinet. Il exigeoit avec tant
de sévérité qu'on parlât respectueusement
de tout ce qui regardoit la religion, qu'il ne
pouvoit souffrir aucune parole libre, ni
profane, de quelque tour d'esprit qu'elle
fût enveloppée. Quoiqu'il prît plaisir à lire

des vers que l'on faisoit sur de certains événemens, personne n'osoit lui en montrer de sales ou d'obscènes. Il étoit un si bel exemple de la foi conjugale, que ceux qui ne l'imitoient pas sur cet article, n'osoient se vanter de leur libertinage.

Ses vertus royales avoient des défauts, qui les empêchoient de paroître dans tout leur lustre, et de produire les fruits que l'on devoit en espérer. Il n'étoit pas naturellement fort libéral, quoiqu'il donnât beaucoup. Il vouloit que chacun gardât son rang, et remplît ses devoirs ; personne n'osoit se faire voir dans une place qu'il n'avoit pas droit d'occuper. Il n'aimoit pas les étrangers, ni les gens présomptueux ; il écoutoit patiemment les affaires, et tâchoit de s'y accoutumer de plus en plus, se trouvant souvent dans le Conseil.

Il étoit naturellement intrépide, mais il n'étoit pas entreprenant. Il avoit un très-bon jugement, mais il ne s'y fioit pas assez, ce qui lui faisoit quelquefois changer d'avis pour en suivre un pire, et adopter les conseils de ceux qui ne jugeoient pas si bien que lui. Cette défiance de lui-même le rendoit plus irrésolu que la conjoncture de ses affaires ne le permettoit. S'il avoit été plus fier et plus décidé, il se seroit attiré plus de respect et de soumission.

Son peu de soin à appliquer des remèdes aux maux qui survenoient, provenoit de la douceur de son naturel, et de la délicatesse de sa conscience, qui, dans les cas où il s'agissoit de répandre du sang, lui faisoit toujours choisir la voie la plus douce, sans écouter les conseils de rigueur, quelque raisonnables qu'ils fussent.

Enfin, c'étoit le plus digne gentilhomme, le meilleur maître, le meilleur ami, le meilleur père, et le meilleur chrétien que son siècle eût produit; et s'il n'étoit pas le plus grand Roi, s'il manquoit de quelques-unes des qualités qui ont fait les Rois heureux et puissans, il n'y a jamais eu d'autre Roi malheureux qui possédât la moitié de ses vertus, et autant exempt de toutes sortes de vices.

118. Le 17 août 1791, je vis à Londres M**** : il étoit envoyé secrètement à la

cour par le roi et la reine de France.
Il apportoit des lettres pour M. Pitt de la
part du comte de Mercy et du comte de
Fersen , et des lettres du roi de Suède au
roi de la Grande-Bretagne et à M. Pitt. Il
m'informa de plusieurs particularités relatives à l'évasion du roi de France , et à l'é-
tat des affaires de ce royaume , dont une
partie me fut confirmée ensuite par M. le
marquis de Bouillé.

Ce fut le comte de Fersen qui conçut le
projet de faire évader le Roi et toute la
Famille Royale , et qui le mit à exécution.
Le baron de Breteuil et le marquis de
Bouillé furent au commencement les seuls ,
hors de Paris , qui furent mis dans le
secret.

Le baron de Breteuil jouissoit seul , de
tous les anciens Ministres , de la confiance
du Roi et de la Reine , et agissoit en leur
nom auprès des Puissances étrangères , pendant qu'il étoit à Soleure. Il fut même
chargé plusieurs fois de communiquer au
comte d'Artois les intentions du Roi son
frère , et cette voie ne plaisoit point du tout

à M. le comte d'Artois, et encore moins à M. de Calonne. Ce fut aussi lui, qui ayant vu M. de Calonne en Suisse, et pénétré son dessein d'aller à Vienne, dépêcha sur-le-champ un courrier au prince de Kaunitz, pour l'empêcher d'y être reçu; et en effet il fut obligé à la dernière poste de retourner sur ses pas.

Si le Roi eût réussi dans le dessein d'aller à Montmédy, on étoit résolu de ne pas permettre à M. de Calonne d'approcher de sa personne; le Roi et la Reine ne vouloient l'employer en aucune façon. Deux mois avant sa disgrâce, il avoit tenté de gagner le Confesseur du Roi, pour l'engager à lui révéler ses secrets; le Confesseur le dit au Roi, sous la condition expresse de n'en parler à personne autre qu'à la Reine.

Dès le mois d'octobre 1789, le roi de France avoit recommandé au roi d'Espagne de n'avoir aucun égard à quelque acte public que ce fût, qui paroîtroit en son nom, à moins qu'il ne lui fût confirmé par une lettre de sa main.

Si le Roi eût pu parvenir jusqu'aux fron-

tières, le marquis de Bouillé devoit être
sur-le-champ déclaré maréchal de France,
et prendre le commandement de l'armée
qu'il auroit pu rassembler. Il m'a dit lui-
même que de tout ce qu'il avoit à ses ordres
en Lorraine, il ne pouvoit se fier qu'aux
corps étrangers ; mais que l'Empereur devoit faire marcher aussitôt 40,000 hommes,
dont 14,000 devoient être aux environs de
Montmédy dans le moment de l'évasion du
Roi, mais qui ne s'y trouvèrent pas. Le roi
d'Espagne devoit fournir 15,000 hommes
d'infanterie, et 4,000 de cavalerie, et donner cinq millions en argent. Le roi de Sardaigne devoit fournir 15,000 hommes, les
Suisses 20,000 ; et le roi de Suède s'engageoit à débarquer 16,000 hommes à Ostende.

Dans sa lettre au roi d'Angleterre, le
roi de Suède demandoit si, dans le cas où
la cour de Londres observât une neutralité
parfaite, il ne fourniroit pas bien, comme
électeur d'Hanovre, 12,000 hommes payés
par les Princes françois.

Le but de la mission de M. **** à Londres, étoit d'informer l'Administration que

M de Calonne n'étoit point autorisé à parler au nom du roi de France, et de persuader cette Cour de prendre parti en faveur de Sa Majesté Très-Chrétienne, ou, si l'on étoit résolu de rester neutre, d'engager le roi de Prusse et la Hollande à agir de concert avec l'Empereur et les Princes d'Allemagne.

Une preuve que le baron de Breteuil, et non M. de Calonne, a été le ressort secret qui a fait mouvoir l'Empereur et les autres Princes en faveur du roi de France, est que, lorsqu'ils se sont mis en mouvement, ils n'ont point communiqué aux Princes françois leurs projets, ni les moyens qu'ils se proposoient d'employer pour les faire réussir.

Les secours, de la part des Puissances étrangères, étoient alors conditionnellement convenus dans le cas de l'évasion du Roi. Depuis ce tems, la cour de Vienne avoit bien l'intention de prendre des mesures vigoureuses, pourvu que la cour de Londres lui assurât le concours du roi de Prusse en cette mesure ; l'Empereur ne voulant en aucune façon faire marcher ses troupes, à moins que le roi de Prusse n'en fît autant.

M. de Fersen fut à Vienne (en août 1791), de la part du roi et de la reine de France, pour concerter avec l'Empereur sur les secours qu'il donneroit, en cas que le roi de Prusse pût être porté à s'unir avec lui ; et le Ministre de l'Empereur à Londres devoit assurer cette Cour, qu'au cas de la sincère intention du roi de Prusse de prendre ce parti, Sa Majesté Impériale s'engageoit à prendre les mesures les plus promptes et les plus vigoureuses pour le rétablissement de la Monarchie françoise.

Le comte de Mercy vint à Londres, le 18 août, pour confirmer au Gouvernement d'Angleterre tout ce que M. **** avoit avancé, et il en conféra souvent avec M. Pitt et les autres Ministres.

J'appris aussi de M**** et du marquis de Bouillé des détails certains de l'arrestation de Louis XVI à Varennes. Le duc de Choiseul en avoit été la cause en partie, quoique très-innocemment et par trop de zèle. Il avoit été mis dans le secret de l'évasion,

III.   H

et fut dépêché, le 19 juin, à M. de Bouillé,
pour l'informer de toutes les circonstances
du départ du Roi et de la Reine. M. de
Bouillé l'avoit chargé du commandement
d'une escorte pour aller au devant de Leurs
Majestés. Arrivé à la poste de Sainte-Mené-
hould et Châlons, il parut fort inquiet et
agité de ne pas les voir venir au tems qu'ils
devoient y être. Après avoir attendu quelques heures, il monta à cheval, et fut plusieurs lieues à la rencontre du trésor, qu'il
disoit être venu pour escorter, et qui étoit
destiné à payer les troupes en Lorraine.
Il se donna tant de mouvement, et parut
tellement alarmé du retard de ce prétendu
trésor, que les habitans du village en con-
çurent des soupçons qui les portèrent à
examiner les voitures du Roi lorsqu'elles
arrivèrent ; voyant qu'elles prenoient la
route de Varennes au lieu de celle qui conduit à Metz, le maître des postes de Sainte-
Menéhould prit un court chemin de détour,
arriva à Varennes avant les voitures du Roi,
donna l'alarme, et fut la cause de l'arrestation. Il est faux que le Roi ait été retenu
pour avoir voulu s'arrêter à l'auberge pour
manger.

119. Un Irlandois assez sot devint tout d'un coup très-riche par un héritage : sa vieille nourrice vint le voir, pour le féliciter et solliciter des secours dont elle avoit besoin. « Non, dit-il, je ne vous donnerai » rien, vous êtes une coquine ; quand j'étois » enfant, vous m'avez changé en nourrice ; » je me portois bien alors, et depuis ce » tems-là j'ai toujours été malingre. »

120. Un peu avant que la comtesse du Barry fût guillotinée (le 8 décembre 1793), un prêtre Irlandois trouva le moyen d'aller la voir dans la prison de la Conciergerie, et lui offrit de la sauver, si elle pouvoit lui fournir une certaine somme d'argent, pour gagner les geoliers et faire le voyage. Elle lui demanda s'il ne pouvoit pas sauver deux personnes ; il lui répondit que son plan ne lui permettoit pas d'en sauver plus d'une. « En ce cas », dit Madame du Barry, « je » vous donnerai bien un ordre sur mon » banquier pour toucher la somme néces- » saire ; mais j'aime mieux que ce soit la » duchesse de Mortemart qui échappe à la » mort, que moi. Elle est cachée dans un » grenier de telle maison à Calais : voici

» un mandat sur mon banquier ; volez à
» son secours ». Le prêtre, après l'avoir
pressée de lui permettre de la tirer elle-
même de la prison, la voyant résolue à
préférer la Duchesse, prit le mandat, tou-
cha l'argent, fut à Calais, tira la duchesse
de Mortemart de sa retraite, la déguisa en
femme du commun, et la prenant sous le
bras, la fit voyager à pied avec lui, disant
qu'il étoit un bon prêtre constitutionnel,
et marié avec cette femme : on crioit, *bravo!*
et on le laissoit passer. Il traversa ainsi les
armées françoises, et vint à Ostende, d'où
il passa en Angleterre avec Mme. de Mortemart, que j'ai vue depuis à Londres.

121. La plus belle pièce de vaisselle d'argent que j'aie vue, est une citerne d'argent
à Burleigh, chez lord Exeter ; elle pèse
3000 onces, a quatre pieds de long sur trois
de large, et deux pieds et demi de hauteur ;
elle est soutenue par des pieds d'argent, et
ornée de deux lions d'argent pour anses.

122. M. de Lizakewitz, Secrétaire d'am-
bassade de Russie à Londres, m'a raconté
qu'étant avec la flotte russe dans l'Archi-

pel, lorsqu'en 1773 elle brûla la flotte tur-
que devant Smyrne, il y avoit deux canonniers sur le vaisseau de l'Amiral Russe,
lorsque ce vaisseau prit feu dans un combat,
et sauta. Ces deux canonniers ayant été
jetés en l'air, tombèrent dans la mer près
d'un vaisseau turc; ils furent sauvés, faits
prisonniers, et mis aux fers sur le tillac.
Trois jours après, le vaisseau turc sur lequel ils étoient, ayant été brûlé dans le port
par les Russes, sauta aussi, et les deux mi-
sérables canonniers furent jetés en l'air du
côté de la flotte russe, et repris en mer;
mais ayant eu chacun les deux jambes em-
portées, par lesquelles ils étoient retenus
aux fers, on leur fit l'amputation au-dessous
des genoux, et ils ont vécu plusieurs années.
M. de Lizakewitz les a vus tous les deux dans
ce tems-là, et long-tems après.

123. Le chevalier B—m, âgé de soixante-
dix ans, ayant marié son fils aîné à la fille
du chevalier Charles W—, la jeune épouse
invita sa sœur, âgée de dix-sept ans, à venir
passer quelque tems avec elle chez son beau-
père à la campagne. Le vieux Chevalier devint éperdument amoureux de Mlle. W—,

et offrit de l'épouser ; la jeune Demoiselle
refusa sa main ; il insista, elle demeura
ferme, et se voyant tourmentée, elle prit
le parti de quitter la maison de cet amant
septuagénaire. La veille du jour fixé pour
son départ, le vieux B—m, étant à souper,
déclara qu'il ne pouvoit souffrir d'être frus-
tré dans ses espérances, et quand les Dames
furent retirées, dit que, cette même nuit,
il étoit résolu d'avoir mademoiselle W—,
de quelque façon que ce fût, ou *de mourir
dans la peine*. Son fils, qui vit qu'il étoit
échauffé par le vin, se détacha de la compagnie pour avertir mademoiselle W— de
ne pas se coucher cette nuit, et recommanda à sa femme de veiller avec elle. En
effet, après minuit, le vieillard voulut entrer dans la chambre de la jeune Demoiselle, et la trouvant fermée, il enfonce la
porte ; mais au premier pas qu'il fit dans la
chambre, il tomba mort d'un coup d'apoplexie, et accomplit ainsi sa prédiction.

124. Il est bien vrai que l'on a pensé une
fois à rendre Gibraltar aux Espagnols. M. Pitt
(depuis lord Chatham), dans sa dépêche à
M. Keene, Ambassadeur à Madrid, du 23

août 1757, lui donne ordre d'ouvrir une
négociation avec la Cour d'Espagne, pour
l'engager à se joindre à l'Angleterre, et lui
procurer le recouvrement de l'île de Minorque, auxquelles conditions on mettroit
le roi d'Espagne en possession de Gibraltar.
M. Pitt informa en même tems l'Ambassadeur que cette mesure avoit été débattue et
approuvée par le Roi et le Conseil du Cabinet. L'Ambassadeur, dans sa réponse du 26
septembre 1757, écrit qu'il avoit trouvé dans
M. le Général Wall, alors premier Ministre
en Espagne, beaucoup de répugnance à
faire cette proposition au Roi son maître,
et qu'il avoit été jusqu'à dire qu'il n'oseroit
pas même en faire mention dans le Conseil,
de crainte de se trouver le seul de son avis,
et de risquer par-là d'affoiblir son crédit,
Le chevalier Keene étoit dès-lors fort malade, et mourut le jour de Noël suivant,
en sorte que cette affaire ne fut plus mise
sur le tapis.

125. Le feu duc de Northumberland m'a
dit, que lorsqu'il entra en possession des
biens du duc de Sommerset, son beau-père,
dans la province de Northumberland, le

revenu ne se montoit pas à cinq mille livres sterling ; parce qu'on avoit coutume de donner de longs baux ; en recevant sur chaque bail une somme d'argent considérable ; au lieu qu'en 1774, le duc de Northumberland en recevoit cinquante mille guinées, tous frais faits, et taxes payées ; c'est-à-dire, quarante mille guinées en terres, et huit mille en mines de charbon. Outre cela, son revenu en Yorkshire étoit de cinq mille livres sterling. Les maisons aux environs de l'hôtel de Northumberland, et ses terres dans la province de Middlesex, rapportoient cinq mille livres sterling net ; le tout reçu chez un banquier à Londres. Les terres qu'il avoit en Northumberland, bonnes ou mauvaises, formoient un tiers de cette province ; et en y ajoutant celles qu'il avoit dans les provinces d'Yorck, de Cornewall, de Devonshire et de Middlesex ; le tout se montoit à la centième partie de l'Angleterre ; ce qui est plus que la province de Rutland.

La dépense du duc de Northumberland, en comptant ce qu'il donnoit à ses deux fils, se monta en 1775, à cinquante-cinq mille livres sterling, y compris sept mille pour l'élection de cette année. Pendant 20 ans, il dépensa annuellement sept mille livres sterling pour bâtir le château d'Alnwick. Sa table, qui étoit cependant bien tenue, faisoit sa moindre dépense; le boucher, volailler, boulanger, poissonnier, coûtoient douze cents livres sterling par an, pendant que les bougies se montoient à quatre cents, et le vin davantage. Tout compris pour sa table, celles des domestiques, leur argent à dépenser et le vin, le tout se montoit à cinq mille livres sterling; les écuries, gages des domestiques, livrées, à la même somme. Sa maison de plaisance *Sion,* lui coûtoit deux mille livres de taxes et d'entretien; l'hôtel de Northumberland, mille; Alnwick, trois mille; son intérêt parlementaire, cinq mille par an. —Il avoit dépensé plus de deux cents mille livres sterling en bâtimens.

126. Le comte Lally-Tolendal étoit fils du général Lally, qui fut décapité en mai 1766; sa mère étoit la comtesse de Molde, Dame Flamande; c'étoit un mariage secret, et la Comtesse, qui continuoit à porter le

nom de son premier mari, avoit élevé son
fils dans l'ignorance du nom de son véritable père. Pendant tout le tems que dura le
procès du général Lally, elle entretenoit
sans cesse cet enfant de l'innocence du Général, et lui disoit tout ce qui pouvoit servir à l'intéresser en sa faveur. Enfin, le
voyant condamné à mourir, elle s'avisa
d'un étrange moyen pour exciter l'esprit de
ce jeune homme à le venger un jour. Elle
confia son secret à un ami, qu'elle chargea
de conduire son fils à voir le supplice du
Général ; et après l'avoir entretenu de son
innocence, tout le tems qui précéda ce spectacle, au moment où sa tête fut séparée de
son corps, il lui dit : « Vous avez toujours
» désiré de savoir qui étoit votre père ; c'est
» lui que vous venez de voir souffrir à tort:
» songez un jour à venger sa mémoire. »

127. Quand même les événemens de notre
vie seroient préordonnés, on ne devroit pas
dire pour cela que nos prières fussent vaines et inutiles ; car, avant la création du
monde, lorsque ce système et toutes les
séries de ses événemens ont été préférées par
Dieu à d'autres qui auroient pu exister, il

n'est pas douteux que d'autres ont été pré-
vues dans l'enchaînement des choses, et
qu'elles ont concouru, aussi bien que les
les événemens, à déterminer Dieu pour le
choix de ce système du monde actuellement
existant ; en sorte que ces mêmes prières
qui décident Dieu à agir, ou à permettre,
l'ont déterminé, au tems de la création, à
décréter ce qu'il feroit ou permettroit. Voy.
N°. 33.

128. On trouve extraordinaire qu'un enfant qui vient au monde à huit mois, meure
le plus souvent bientôt après, et que ceux
de sept mois vivent. Plusieurs même vou-
droient en douter ; mais la plus grande partie des accoucheurs assurent le fait, et Hip-
pocrate en donne ainsi la raison, au *tom.* 1,
2ᵉ classis, page 37, *edit. Junta.* Il dit qu'à
sept mois, la conformation de l'enfant étant
parfaite, il fait un premier effort pour venir au monde ; s'il réussit, à la bonne heure,
il est moins fort, mais il vit ; sinon, il est
tellement affoibli par cet effort inutile, que
s'il en fait un autre au huitième mois, et
naisse alors, n'ayant pas eu le tems de recouvrer ses forces, il succombe bientôt ;

au lieu qu'au neuvième ou dixième mois,
il a eu le tems de recouvrer assez de force
pour soutenir avec succès la peine de venir
au monde.

129. Il y a toute apparence que les Juifs
furent employés par les rois d'Egypte à bâtir
les Pyramides, et à d'autres travaux publics, comme de creuser des canaux, d'é-
lever des digues, de bâtir des villes. Josephe,
lib. xi, chap. *5*, dit : Πυραμίδας δὲ ἀνοικοδο-
μοῦντες ἐξέτρυχον ἡμῶν τὸ γένος. Manéthon, dans
son *Histoire d'Egypte*, dit qu'on les faisoit travailler dans les carrières. Tous les
anciens historiens s'accordent à dire que
les rois d'Egypte employoient les esclaves à
bâtir des villes, et à éléver les monumens
publics. Entre autres choses dont Sésostris
sé glorifioit, étoit qu'il n'avoit point employé les naturels du pays à ces travaux, et
il en fait le sujet des inscriptions qu'il pla-
çoit aux frontispices de ces monumens :
ὐδεὶς ἐγχώριος εἰς αὐτά μεμόχθηκε. Pline, lib. 36,
ch. 12, dit que les rois d'Egypte faisoient
travailler le peuple aux pyramides, afin
qu'il ne fût pas oisif; et Aristote, lib. v,
ch. xi, dit les pauvres, mais à plus forte

raison les esclaves , du nombre desquels étoient les Juifs. Il n'y a pas de doute non plus qu'ils aient bâti les villes de Pithon et Rhamsès , que le Targum de Jérusalem dit être *Tanis* et *Pelusium*.

130. On ne doit pas regarder tout ce que Platon a dit de l'île Atlantide , dans son Timée , dans Critias et autres dialogues , comme un rêve philosophique. Il suffisoit que quelques vaisseaux phéniciens et carthaginois , après avoir été portés malgré eux sur les côtes de l'Amérique , eussent eu le bonheur d'en revenir , pour jeter les fondemens de l'opinion qu'il existoit une grande île ou un continent aussi grand que l'ancien monde ; ou bien , on peut admettre une autre idée de Platon dans le Timée , justifiée de nos jours par les découvertes des Russes, qui est qu'au nord-est de l'Asie, il y avoit des îles , d'où l'on découvroit les côtes occidentales de l'Amérique , lesquelles ouvroient une communication entre les deux Continens. Quant à la communication par l'océan occidental , les îles Açores ont pu la faciliter ; et il paroît même qu'avant que Christophe Colomb eût formé le

dessein de découvrir l'Amérique, il avoit relâché à ces îles, et y avoit vu les manuscrits d'un vieux pilote de l'une d'elles, par lesquels il paroissoit qu'il avoit été en Amérique; et à la bibliothèque de St.-Marc, à Venise, on voit une mappemonde du 14e. siècle, où l'Amérique est indiquée, quoique d'une manière très-imparfaite. Il y a beaucoup d'apparence même que plusieurs voyageurs pouvoient avoir pénétré jusqu'à l'isthme de Panama; autrement comment Platon auroit-il pu imaginer qu'il y avoit dans cette grande île, ou continent, un isthme qui en réunissoit les deux parties, comme, dit-il, l'isthme de Suez joint l'Afrique à l'Asie? C'est cette même opinion qui faisoit dire à Sénèque, dans sa *Médée*, qu'il viendroit un tems où l'on decouvriroit un nouveau monde, et que l'île de *Thulé* (l'Islande) ne seroit plus la dernière de l'ancien.

131. De ce que la terre est ronde, il résulte qu'un homme, au haut du mât d'un vaisseau, qui feroit le tour du monde, auroit parcouru plus de chemin qu'un autre qui seroit resté sur le tillac, parce qu'il au-

roit parcouru un plus grand cercle ; de même
aussi la tête d'un homme parcourt plus de
chemin que ses pieds. Il en résulte encore
qu'un vase plein d'eau dans la plaine, étant
transporté au haut d'une montagne, conti-
nueroit à couler par-dessus les bords, sans
être moins plein, parce qu'en s'élevant l'eau
seroit constamment pressée par une plus
grande superficie de l'atmosphère ; d'où il
s'ensuit que le même vase contiendroit plus
d'eau au pied d'une montagne qu'au sommet, et plus à la cave qu'au grenier. Il résulte aussi de la rondeur de la terre, que
deux fils tendus en l'air, avec chacun un
poids, à une grande hauteur, ne seront pas
parallèles l'un à l'autre, mais feront partie
de deux rayons, tendant chacun à se rencontrer au centre de la terre.

132. Dupuy, qui a publié le *Perroniana*,
est le premier qui ait avancé la proposition
offensante pour la nation allemande, que
l'esprit étoit rare chez elle, et qui l'a tellement indisposée contre les écrivains François. A la page 163 du *Perroniana*, édit. de
Daillé, Amsterdam, 1669, il dit : *Gretserus*
est grandement louable, *il a bien de l'esprit pour un Allemand.*

133. Les incrédules disent que nous sommes incapables de connoître s'il y a un Dieu.
Cependant, il est certain que Dieu est, ou
qu'il n'est pas; il n'y a point de milieu.
Mais de quel côté pencherons-nous? La
raison, dites-vous, n'y peut rien déterminer; il y a un chaos infini qui nous sépare;
il se joue un jeu à cette distance infinie,
où il arrivera croix ou pile. Que gagerez-
vous? par la raison, vous ne pouvez assurer ni l'un ni l'autre; par la raison, vous
ne pouvez nier aucun des deux. Il ne faut
donc pas blâmer ceux qui ont fait un choix;
et celui qui prend croix, et celui qui prend
pile, ont tous deux tort. Le juste parti à
prendre est de ne point parier.

Fort bien, mais *il faut parier* : le contraire ne dépend pas de vous; vous êtes
embarqué, et ne parier point que Dieu est,
c'est parier qu'il n'est pas. Lequel prendrez-
vous donc? Pesons le gain et la perte. En
prenant le parti de croire que Dieu est, si
vous gagnez, vous gagnez le tout; si vous
perdez, vous ne perdez rien. Pariez donc
qu'il est, sans hésiter. A la bonne heure,
il faut gager; mais je gage peut-être trop.

Voyons : puisqu'il y a pareil hasard de gain
et de perte , quand vous n'auriez que deux
vies à gagner pour une , vous pourriez encore gager ; et s'il y en avoit dix à gagner,
vous seriez imprudent de ne pas hasarder
votre vie, pour en gagner dix à un jeu où
vous dites qu'il y a pareil hasard de perte et
de gain. Mais il y a ici une infinité de vies
infiniment heureuses à gagner , avec pareil
hasard de perte et de gain ; et ce que vous
jouez est si peu de chose , et de si peu de
durée ; qu'il y a de la folie à le ménager en
cette occasion.

Il ne sert de rien de dire qu'il est incertain si l'on gagnera , et qu'il est certain que
l'on hasarde ; et que l'infinie distance qui
subsiste entre la certitude de ce qu'on expose , et l'incertitude de ce que l'on gagnera,
égale le bien fini , qu'on expose certainement, à l'infini qui est incertain. Cela n'est
pas ainsi. Tout joueur hasarde avec certitude, pour gagner avec incertitude ; et néanmoins il hasarde certainement le fini pour
gagner incertainement le fini , sans pécher
contre la raison ; au lieu que , dans notre
proposition , il n'y a que le fini à hasarder

III.   I

à un jeu où il n'a pareils hasards de gain que de perte, et l'infini à gagner.

Ceux qui croient un Dieu rémunérateur et vengeur, direz-vous, sont heureux, s'ils espèrent leur salut; mais ils ont pour contre-poids la crainte de l'enfer. Mais qui a le plus de sujet de craindre l'enfer, ou celui qui ne veut pas y croire, mais qui doit craindre d'y aller s'il y en a, ou celui qui est dans la persuasion qu'il existe, mais qui espère n'y pas aller ? Quiconque n'ayant plus que huit jours à vivre ne jugeroit pas que le parti le plus sûr est de croire, auroit entièrement perdu l'espoir. Or, si les passions ne vous possédoient pas, huit jours et cent ans sont une même chose.

Quel mal vous arrivera-t-il en prenant ce parti ? Vous serez fidèle, honnête, humble, reconnoissant, bienfaisant, sincère, vrai. A la vérité vous ne vous plongerez pas dans les délices, dans tous les plaisirs des sens ; mais n'en aurez-vous point d'autres ? Je vous dis que vous y gagnerez, même en cette vie ; à chaque pas que vous ferez dans ce chemin, vous verrez tant de certitude de gain, et tant de néant dans ce que vous hasardez, que vous connoîtrez à la fin que vous avez parié pour une chose certaine et infinie, et que vous n'avez rien donné pour l'obtenir.

Vous dites que l'on n'est pas le maître de croire; que vous ne sauriez croire. Travaillez donc à vous convaincre, non pas par l'augmentation des preuves de Dieu, mais par la diminution de vos passions. Vous voulez vous guérir de l'incrédulité, et vous en demandez les remèdes; apprenez-les de ceux qui ont été tels que vous, et qui n'ont présentement aucun doute. Suivez la manière qu'ils ont suivie; imitez leurs actions extérieures; si vous ne pouvez encore entrer dans leurs dispositions intérieures, quittez ces vains amusemens qui vous occupent tout entier.

J'aurois bientôt quitté ces plaisirs, dites-vous, si je croyois; et moi je vous dis que vous croiriez bientôt, si vous aviez quitté ces plaisirs. Or, c'est à vous à commencer. Si je pouvois, je vous donnerois la foi: je ne le puis, ni par conséquent éprouver la

vérité de ce que vous dites ; mais vous pouvez bien quitter ces plaisirs, et éprouver si
ce que je dis est vrai.

C'est ainsi que Pascal, ce grand penseur
et profond géomètre, raisonnoit contre les
incrédules. Je n'ai fait qu'abréger ce qu'il
a dit, et me suis permis quelques changemens pour rendre ses argumens plus intel-
ligibles.

134. La preuve de l'existence de Dieu *a
posteriori*, est à la portée de tout le monde,
parce qu'il y a une gradation infinie des
phénomènes de la nature, qui prouvent
l'existence d'une première cause à tous les
esprits dégagés de tous les préjugés. Il étoit
réservé au célèbre docteur Clarke d'en donner la preuve *a priori* ; et voici comment il
le fait.

Chaque chose qui existe a une raison qui
la détermine aujourd'hui à exister, plutôt
qu'à n'exister pas, ou qui l'a déterminée
à cela, soit une fois, soit toujours. La raison ou le fondement de l'existence de l'être,
qui n'a tiré son existence d'aucun autre

être, soit que nous puissions en former une idée, soit que nous ne le puissions pas, la raison, dis-je, de son existence est en lui-même. Car bien que les simples preuves de raisonnement, par lesquelles nous faisons voir qu'il faut nécessairement qu'un tel être existe; bien, dis-je, que ces preuves ne nous donnent pas une idée distincte de l'existence par soi-même, et qu'elles ne fassent que nous donner une certitude que la chose est; cependant, lorsque nous avons des raisons *a posteriori*, qui nous assurent qu'une chose est certaine, il s'ensuit, par une conséquence inévitable, qu'il y a dans la nature des raisons *a priori* de l'existence de cette chose que nous savons devoir exister nécessairement, soit que ces raisons nous soient connues, soit que nous les ignorions. Or, puisque la raison, ou le fondement de l'existence de l'être, qui ne tire son existence d'aucune autre chose hors de lui, doit nécessairement être en lui-même; et puisqu'il y a de la contradiction à supposer que sa propre volonté soit la raison de son existence en tant que cause efficiente, il faut que l'absolue nécessité, c'est-à-dire, la même nécessité qui est la cause de la

proportion immuable entre ces deux nom-
bres 2 et 4, il faut, dis-je, que cette nécessité, en tant que cause formelle, soit le
fondement de cette existence. Cette nécessité, au reste, est antécédente à l'existence
de l'être lui-même, non pas, à la vérité,
eu égard au tems, mais en ordre de nature ; au lieu que sa propre volonté est au
contraire subséquente, en ordre de nature,
à la supposition de son existence, et n'en
sauroit par conséquent être la cause formelle.

Il n'est rien au monde de plus absurde
que de supposer l'existence d'une chose,
ou de quelque circonstance d'une chose,
et de supposer en même tems qu'il n'y a
absolument aucune raison pourquoi elle
existe plutôt qu'elle n'existe pas. On conçoit facilement qu'il peut fort bien être que
nous ignorions absolument les raisons, les
fondemens, ou les causes d'un grand nombre de choses ; mais qu'un être étant supposé exister, il faille qu'il y ait dans la nature des raisons pourquoi il existe plutôt
qu'il n'existe pas, sont deux choses qui ont
une liaison aussi nécessaire et aussi essen-

tielle, qu'il y en a entre deux corrélatifs, comme sont la hauteur et la profondeur, etc. Voyez N°. 183.

135. Aucun philosophe n'a mieux défini l'Être Suprême que le chevalier Newton ; voici ce qu'il en dit : « Le magnifique système du soleil, des planètes et des comètes, offre des mouvemens si réguliers qu'on ne peut se persuader qu'ils soient les effets de causes purement mécaniques ; mais on est convaincu qu'ils ne peuvent procéder que de la sagesse du pouvoir d'un Être intelligent et tout-puissant. Cet Être gouverne toutes choses, non comme l'âme du monde, mais comme Seigneur sur toutes ses créatures ; et, relativement à sa domination, il est appelé le Seigneur Dieu, le maître universel ; car Dieu est un terme relatif, et se rapporte à ses créatures ; et la Divinité est cette domination de Dieu sur ses sujets. Dieu est un Être éternel, infini, absolument parfait ; mais cet Être tout parfait ne se nommeroit pas le Seigneur Dieu, sans sa domination. Nous disons, mon Dieu, votre Dieu, le Dieu d'Israël, le Seigneur des Seigneurs ; mais nous ne disons pas,

mon Eternel, votre Eternel, l'Eternel d'Israël; nous ne disons pas mon infini; ces titres n'ont aucune relation avec les créatures. Le mot Dieu signifie ordinairement le Seigneur, mais tout Seigneur n'est pas Dieu; c'est la domination d'un Être spirituel qui constitue un Dieu.

Il résulte de la domination de Dieu, que c'est un Être vivant, intelligent et tout-puissant; et de ses autres perfections, qu'il est suprême et absolument parfait. Il est éternel, infini, tout-puissant, et omniscient; c'est-à-dire, sa durée embrasse toute l'éternité, sa présence tout l'infini. Il gouverne tout, et connoît tout ce qui est ou peut être; il n'est pas l'éternité ou l'infini, mais éternel et infini; il n'est pas la durée ou l'espace, mais il dure et est présent; il dure de toute éternité, et est présent partout; et en existant toujours et partout, il constitue la durée et l'espace.......... Dieu est présent partout, non-seulement virtuellement, mais aussi substantiellement; en lui toutes choses sont contenues et se meuvent, mais sans être mutuellement affectées : Dieu n'est point affecté par le mouvement des corps ; les corps n'éprouvent point de résistance par la toute-présence de Dieu. Tout le monde convient que l'Être Suprême existe nécessairement, et par cette même nécessité il doit exister toujours et partout. D'où il s'ensuit encore qu'il est partout le même, tout œil, toute oreille, tout bras, tout pouvoir de comprendre, d'agir, mais d'une manière non pas humaine ni corporelle, d'une manière enfin qui nous est absolument inconnue. Comme un aveugle ne peut avoir aucune idée des couleurs, de même nous ne pouvons avoir aucune idée de la manière dont Dieu voit et conçoit les choses ; il n'y a en aucune façon rien de matériel ou de corporel en lui : c'est pourquoi il ne peut être ni vu, ni touché, ni entendu, et ne doit point être adoré sous aucune forme corporelle. Nous avons des idées de ses attributs ; mais nous ignorons non-seulement sa substance, mais celle de toute autre chose. Dans les corps nous ne voyons que les formes, les couleurs ; nous n'entendons que les sons, nous ne touchons que les surfaces extérieures, nous ne goûtons que les saveurs ; mais leur substance réelle ne peut être connue ni par les sens,

ni par la réflexion, encore moins pouvons-
nous donc avoir aucune idée de la substance
de Dieu. Nous ne le connoissons que par les
excellens effets de sa sagesse et de son pouvoir, et par les causes finales. Nous l'admi-
rons à cause de ses perfections, et nous
l'adorons à cause de sa domination ; car
nous l'adorons comme ses créatures, et un
Dieu sans domination, sans providence et
sans causes finales, ne seroit que le destin
et la nature, etc. »

136. Quant à l'espace, voici ce que Newton en dit à la fin de ses questions d'optique :
« Il y a un Être incorporel, vivant, intel-
» ligent, présent partout, qui, *dans l'es-*
» *pace infini,* comme dans son *sensorium,*
» voit, discerne et comprend tout de la ma-
» nière la plus intime et la plus parfaite. »
Il ne veut pas dire par-là que l'espace est
l'organe dont Dieu se sert pour apercevoir
les choses ; il ne dit pas non plus que Dieu
ait besoin d'aucun moyen pour les apercevoir ; au contraire, il dit que Dieu, étant
présent partout, aperçoit les choses, par
sa présence immédiate dans tout l'espace
où elles sont, sans l'intervention ou le secours d'aucun organe ou d'aucun moyen

Pour rendre cela plus intelligible, il l'éclaircit par une comparaison : il dit que l'âme étant immédiatement présente aux images, qui se forment dans le cerveau par le moyen des organes des sens, voit ces images comme si elles étoient les choses mêmes qu'elles représentent ; de même Dieu voit tout par sa présence immédiate , étant actuellement présent aux choses mêmes , comme l'âme est présente aux images qui se forment dans le cerveau. Newton considère le cerveau et les organes des sens comme le moyen par lesquels ces images sont formées , et non comme le moyen par lequel l'âme voit ou aperçoit ces images , lorsqu'elles sont ainsi formées ; et dans l'univers il ne considère pas les choses comme si elles étoient des images formées par un certain moyen, ou par des organes ; mais comme des choses réelles , que Dieu lui-même a formées , et qu'il voit dans tous les lieux où elles sont, sans l'intervention d'aucun moyen. C'est tout ce qu'il a voulu dire par la comparaison dont il s'est servi , lorsqu'il suppose que l'espace infini est *pour ainsi dire le sensorium* (*tanquam sensorio suo*) de l'Être qui est présent partout.

Le docteur Clarke, s'étant chargé de répondre aux objections que le célèbre Leibnitz avoit faites contre cette définition de l'espace, a beaucoup éclairci la pensée de Newton. « Dieu, dit-il, n'existe point dans l'espace, ni dans le tems, mais son existence est la cause de l'espace et du tems; et quand nous disons que Dieu existe dans tout l'espace et dans tous les tems, nous voulons dire seulement qu'il est partout et qu'il est éternel; c'est-à-dire, que l'espace infini et la durée sont des suites nécessaires de son existence; non que l'espace et la durée soient des êtres distincts de Lui, dans lesquels il existe. Il est certain que l'espace n'est pas une pure idée, car il n'est pas possible de former une idée de l'espace qui aille au-delà du fini; et cependant la raison nous enseigne que c'est une contradiction, que l'espace lui-même ne soit pas actuellement infini. Il n'est pas moins certain que l'espace n'est aucune sorte de substance, puisque l'espace infini est l'immensité, et non pas l'immense; au lieu qu'une substance infinie est l'immense, et non pas l'immensité : comme la durée n'est pas une substance, parce qu'une durée infinie est

l'éternité, et non pas un Être éternel ; mais
une substance infinie est un Être éternel ;
et non pas l'éternité. D'où il s'ensuit que
l'espace est une propriété de la même manière que la durée. L'immensité est une
propriété de l'Être immense, comme l'éternité est une propriété de l'Être éternel.
Voyez dans le Recueil de Des Maiseaux, la
4ᵉ. et la 5ᵉ. lettre de Clarke, et mon édition
de Leibnitz, au second volume.

137. S'il est un mystère qu'il seroit inutile
de chercher à comprendre , c'est certainement celui de la Trinité ; mais ce n'est pas
une raison pour n'y pas croire. Nous croyons
tant de choses que nous ne comprenons pas,
parce qu'elles sont au-dessus de notre capacité, que lorsqu'on est persuadé de la vérité
de la Religion chrétienne par des preuves in-
vincibles, les mystères qu'elle propose à la
foi ne doivent pas l'ébranler. Quand un
philosophe s'est convaincu de l'existence
d'une force attractive dans les corps, et
qu'il en a calculé les lois, il y croit sans la
comprendre. Savons-nous comment l'âme
est unie au corps ? Et cependant nous n'a-
vons pas le moindre doute sur cette union,
sans que nous puissions concevoir comment

elle se fait. Voyez un musicien au clavecin, il va exécuter une pièce de musique; pour exprimer la première note, il faut qu'il ait la volonté de diriger tel doigt sur telle touche du clavecin, tel autre doigt sur une autre touche pour exprimer la seconde, et de même successivement pour exécuter une sonate de dix mille notes. Voilà dix mille actes de volonté qui se suivent si rapidement que l'attention s'y perd. Il n'y a pas de doute cependant que chaque touche du clavecin, qui est frappée des doigts, l'est par un acte exprès et distinct de cette volonté qui les dirige l'un après l'autre, afin d'exprimer chaque différente note. Conçoit-on comment la volonté influe sur chaque mouvement des doigts? A-t-on la moindre idée de ce mécanisme? Et cependant on croit à l'influence de la volonté sur les mouvemens de toutes les parties du corps.

Je ne me rappelle plus où j'ai lu le raisonnement suivant sur le mystère de la Trinité, mais il m'a paru si satisfaisant, que je ne puis m'empêcher de l'exposer ici. Je suis pleinement persuadé de la nécessité d'une révélation; celle de l'Evangile, fondée sur

les prophéties , les miracles, et la pureté de
sa doctrine, offre des preuves irrésistibles
de la divinité de son origine qu'aucune autre ne peut fournir. Je trouve dans l'Ecriture-Sainte cette proposition : « Qu'il y a
» trois qui témoignent dans le Ciel, le Père,
» le Fils , et le Saint-Esprit. » D'où, ainsi
que de plusieurs autres passages dans l'Ecriture, je connois qu'il y a une distinction
faite dans la Divinité, sous ces trois noms
de Père, de Fils, et de Saint-Esprit ; et je
trouve ces termes assez propres pour exprimer ce que nous savons de ce mystère. Je
ne puis trouver dans l'Ecriture-Sainte aucun éclaircissement sur la nature de cette
distinction, sinon que le Fils est engendré,
et le Saint-Esprit procède du Père et du
Fils. Je conclus de là qu'il doit y avoir quelque chose de plus qu'une simple distinction
nominale, puisque nous sommes baptisés
au nom du Père, du Fils et du Saint-Esprit,
par où l'on doit entendre quelque chose de
plus que si l'ordre en avoit été donné en
ces termes : « Allez et baptisez toutes les
» nations au nom de Jéhova , d'Elohim et
» d'Adonaï; » et si rien autre n'étoit entendu , sinon que les Apôtres dussent bap-

tiser au nom de Dieu, ce n'eût été qu'une vaine tautologie. Je conclus aussi qu'il n'y a pas trois esprits distincts et différens ; autrement il y auroit trois Dieux, contre tout ce que nous enseigne la raison et l'Ecriture-Sainte ; d'où j'infère qu'il doit y avoir dans la Divinité quelque chose de plus, qu'une simple distinction nominale, et quelque chose de moins qu'une distinction de trois esprits distincts ; et trouvant toujours chaque personne séparément, ou conjointement, nommée Dieu, et adorée comme Dieu, je dis comme S. Athanase : J'adore la Trinité en unité.

Quoiqu'il soit impossible de mettre ce sujet à la portée de l'esprit humain, on peut néanmoins l'aider à se satisfaire par la comparaison suivante. Le soleil engendre les rayons ; du soleil et des rayons procède la lumière et la chaleur ; ainsi Dieu le Père engendre le Fils ; et du Père et du Fils procèdent l'Esprit de lumière et de grâce : mais comme le soleil n'est pas avant les rayons, ni les rayons avant la lumière et la chaleur, mais ils sont tous ensemble ; ainsi ni le Père est avant le Fils, ni le Père et le Fils sont

avant le Saint-Esprit ; excepté quant à l'ordre, ou relativement l'un à l'autre, auquel
égard seulement le Père est la première personne de la Trinité. Entre mille passages de
l'Ecriture-Sainte, qui confirment l'argument ci-dessus rapporté, ou peut consulter
les suivans : Genèse, chap. 1, v. 1, 26 ;
chap. 11, v. 7. — S. Mathieu, chap. 3,
v. 16, 17 ; chap. 9, v. 4, 6. — S. Jean,
tout le chapitre premier ; chap. 2, v. 24 ;
chap. 14, v. 8 ; chap. 9, v. 30 et suiv. ;
chap 16, v. 13, 14 ; chap. 20, v. 28. —
S. Paul aux Romains, chap. 9, v. 5 ; aux
Philippiens, chap. 2, v. 5, 6 ; aux Colos-
siens, chap. 2, v. 9 ; à Timothée I, ch. 3,
v. 16. — Iᵉ. de S. Jean, ch. 5, v. 7, 20.

138. Voyez la trame d'une pièce de soie
à différentes couleurs sous le métier ; les
fils sont si régulièrement arrangés, et les
couleurs si bien disposées sans se confon-
dre, que, par l'industrie du tisserand, il
en résulte un ouvrage merveilleux, représentant des animaux, des fleurs, etc. Ne
seroit-ce pas ainsi que se forment, dans le
cerveau, les images des choses aperçues par
l'âme? Les différentes vibrations des fibres

combinées d'une manière presque infinie
doivent suffire pour lui présenter tous les
objets, et les mêmes vibrations, peut-être
plus foibles, pour les lui rappeler. On peut
aussi comparer l'âme à une vedette au haut
d'une tour, qui découvre une grande perspective; tout ce que les yeux peuvent découvrir dans l'étendue de cette perspective,
l'âme le voit rassemblé dans un très-petit
espace par un moyen qui nous est inconnu.
Si un homme né sourd, et ne pouvant avoir
par conséquent aucune idée de l'organe de
l'ouïe, observait quelqu'un qui de loin donneroit des ordres à plusieurs personnes, s'il
les voyoit se mouvoir successivement en
conséquence de l'influence que ces ordres
auroient sur eux, il ne pourroit comprendre, n'ayant point de notion de la parole,
par quel moyen cette seule personne feroit
mouvoir toutes les autres. Il se peut que de
même l'union de l'âme avec le corps, et son
action sur lui, soit par un moyen analo-
gue, et dont nous ne pouvons avoir aucune
idée.

139. C'est une erreur de croire qu'il y ait
dans les objets les qualités qu'ils nous font

éprouver. Nous imaginons que la couleur est dans les corps, quand il n'y a seulement en eux que la configuration des parties propres à réfléchir à nos yeux tels rayons de la lumière qui nous donnent l'idée de telle couleur. Ne voyant pas les particules du feu qui occasionnent en nous la chaleur, et, si elle est trop forte, qui nous brûlent en détruisant nos fibres, nous croyons que la chaleur est dans le feu, mais à tort; la chaleur n'est pas plus dans le feu, que la douleur n'est dans la pointe d'une aiguille qui nous pique.

140. Mettez partie d'un grain de blé, qui aura été conservé dix, douze, quinze ans, dans une goutte d'eau, et vous verrez des milliers de petits animalcules se mouvoir, non comme les autres animaux, d'un mouvement spontané, mais oscillatoire. Vous les verrez, en un quart-d'heure de tems, se reproduire, mourir, ou se dissoudre, être succédés par une autre génération, et celle-ci suivie par une autre; c'est comme le dernier degré de vitalité. A considérer donc tous les degrés de vitalité, depuis le spontané jusqu'au mouvement oscillatoire, ne

peut-on pas dire que la vitalité, par une
gradation naturelle, va se perdre dans le
mouvement?

141. Nous croyons, il est vrai, que, depuis la prédication de l'Evangile, il n'y a
que la foi en Jésus-Christ qui puisse sauver
les hommes; mais nous ne pouvons pas prononcer sur le sort de ceux qui n'ont jamais
entendu parler de lui, l'Ecriture n'ayant
rien dit là-dessus. Nous sommes cependant
certains que Dieu ne les condamnera pas
pour une ignorance invincible (Rom. ch. 2,
v. 12 et suiv.); c'est-à-dire, les Païens ne
seront point jugés et condamnés pour des
transgressions contre la loi de Moïse, qui
ne leur avoit pas été donnée, mais pour
leurs péchés contre les lois de la nature,
de la raison et de leur conscience. Par la
même raison, tous ceux qui pèchent sans
l'Evangile, périront sans l'Evangile, non
parce qu'ils n'ont pas cru en Jésus-Christ
qu'ils n'ont pas connu, mais parce qu'ils
ont péché contre les lumières de la raison,
contre des lois plantées dans le cœur de
l'homme, en quelque lieu et quelque situation qu'il soit (Rom. ch. 1, v. 18, 20, 22.)

Mais aussi il faut convenir que les Païens vertueux, qui ont adoré un seul Dieu, peuvent être sauvés par le mérite et la médiation de Jésus-Christ, quoiqu'ils n'aient pas connu leur bienfaiteur : plusieurs Pères de l'Eglise (1) ont été de cette opinion, entre autres Justin le Martyr. *Vid.* N°. 176. Voy. aussi Clarke, second vol. pag. 283, 354.

142. A raisonner conséquemment, il n'y a pas de philosophes qui soient moins fondés à nier la possibilité des apparitions de spectres ou de fantômes, que ceux qui nient l'existence de Dieu. Hobbes nioit l'existence des esprits, et cependant il avoit peur de se trouver seul la nuit, ou dans l'obscurité. Quoiqu'il crût qu'il n'y avoit pas d'autre substance que la matière, il admettoit qu'il en pouvoit résulter des êtres bien ou mal-

---

(1) Καὶ οἱ μετὰ λόγου βιώσαντες Χριστιανοί εἰσι, κἂν ἄθεοι ἐνομίσθησαν· οἷον ἐν Ἕλλησι μὲν Σωκράτης καὶ Ἡράκλειτος, καὶ οἱ ὅμοιοι αὐτοῖς· ἐν βαρβάροις δὲ Ἀβραάμ, etc. *Justin, Apolog. 2.*

Τάχα δὲ καὶ προηγουμένως τοῖς Ἕλλησιν ἰδίᾳ ἡ φιλοσοφία τότε, πρὶν τὸν κύριον καλέσαι καὶ τοὺς Ἕλληνας· ἐπαιδαγώγει γὰρ καὶ αὐτὴ τὸ Ἑλληνικὸν, ὡς ὁ νόμος τοὺς Ἑβραίους εἰς Χριστὸν προκατασκευάζει τοίνυν ἡ φιλοσοφία προοδοποιοῦσα τὸν ὑπὸ Χριστοῦ τελειούμενον. *Clemens Alex. Strom. I.*

Ὁ Θεὸς γὰρ αὐτοῖς ταῦτα, καὶ ὅσα καλῶς λέλεκται ἐξανήγκεν. *Origen. advers. Cels. lib. 6.*

faisans, des êtres formés par des corpuscules semblables à ceux qui excitent les pensées dans notre cerveau. On ne peut pas prouver qu'il n'y ait eu souvent des personnes qui aient cru voir des spectres, qui ont troublé leur imagination ; il y a donc certaines parties du cerveau qui, étant affectées d'une certaine manière, peuvent représenter l'image d'un objet, qui n'a aucune existence hors de nous-mêmes, et peuvent faire croire à l'homme, dont la cervelle est ainsi modifiée, qu'il voit à deux pas de lui un spectre effroyable, un fantôme menaçant. Cela arrive souvent aux plus incrédules pendant leur sommeil, ou dans l'accès d'une fièvre ardente. Peut-on nier après cela qu'il ne soit possible à un homme éveillé, et qui n'est pas dans le délire, de recevoir, en certaines parties de son cerveau, une impression semblable à celle qui, par les lois de la nature, est liée avec l'apparition d'un fantôme ? Dans ce cas, ils ne peuvent pas s'assurer qu'il ne leur apparoîtra jamais un spectre. Hobbes devoit donc croire qu'une certaine combinaison des fibres, agitées dans son cerveau, pouvoit l'exposer à une telle vision, quoiqu'il ne crût pas que ce pût être un esprit, ou l'âme d'un homme mort ; et il n'est pas douteux que tout homme aussi incrédule que lui, avec encore plus de courage, ne manqueroit pas d'être fort troublé, s'il croyoit voir entrer dans sa chambre quelqu'un qu'il sauroit être mort.

143. Si l'âme mouroit, ce seroit, ou parce que ses parties viendroient à se séparer, ou parce qu'elle se détruiroit elle-même, ou parce que quelque autre substance créée la détruiroit, ou parce que Dieu lui-même voudroit l'anéantir.

On ne sauroit dire que les parties de l'âme se séparent ; car l'âme étant un esprit, n'a point de parties. Le fer ne peut donc point la diviser, le feu ne peut point la consumer, et aucune maladie ne peut lui donner la mort, parce qu'elle n'a ni sang qui puisse s'allumer, ni humeurs qui puissent se corrompre.

Il est ridicule de dire que l'âme se détruise elle-même ; car comment peut-on concevoir que l'âme, ou un être, ou substance quelconque, puisse se détruire ?

Il est absurde de dire que l'âme est détruite par quelque substance créée et finie ; car qui peut concevoir qu'une substance créée puisse détruire une nature spirituelle, sans en avoir reçu le pouvoir de Dieu ? ce qui nous conduit à la dernière solution.

On ne sauroit prouver que Dieu anéantisse l'âme. On ne peut avoir aucune idée de la justice de Dieu, que l'on ne conçoive qu'elle demande que les bons soient récompensés, et que les méchans soient punis. Or il est certain que cela n'arrive pas toujours dans ce monde ; il faut donc en attendre un autre, où le vice soit puni et la vertu récompensée ; et pour cela il ne faut pas que l'âme soit anéantie. Ajoutez à ces raisons le désir de l'immortalité, qui se trouve en nous ; et le sentiment des plus grands philosophes, Socrate, Platon, Cicéron, etc.

144. Les incrédules nient la résurrection de Jésus-Christ, parce que ce fait n'est point rapporté par des écrivains profanes : un prodige de cette nature, disent-ils, n'auroit pu être oublié par aucun auteur contem-

porain. Mais qu'importe ce qui n'a point
été dit? Les témoignages qui manquent sont
de nulle autorité, puisqu'ils ne sont point.
On prétend que, si ce fait étoit vrai, la
foule des contemporains l'auroit rapporté;
mais tous ces contemporains, qui se sont
convertis sur la conviction de ce miracle,
ne forment-ils pas le témoignage que l'on
demande? On exigeroit seulement, dit-on,
vingt textes formels d'écrivains profanes,
et voilà la multitude immense des Juifs,
des Païens que ce prodige a rendus chrétiens,
qui sont morts pour témoigner que le fait
est certain; voilà une foule d'auteurs qui
étoient Païens, Denys, sénateur d'Athènes, Quadratus, Aristide, Justin, Athé-
nagoras et cent autres, qui se sont convertis par la force de la conviction de ce
fait, qui ont temoigné sa vérité par leurs
écrits, et qui sont morts pour assurer que
ce fait est certain. On écrit ce qu'on veut,
et souvent sans approfondir; mais on ne
meurt pas de même : *J'en crois volontiers
les témoins qui se font égorger,* dit Pascal,
et il a raison. Veut-on des passages des historiens désintéressés, qui parlent de la résurrection de Jésus-Christ; eh bien, n'est-

ce pas parler de ce prodige que de raconter la fermeté inébranlable de ceux qui mouroient pour en confirmer la certitude? Et n'est-il pas vrai que les historiens, les philosophes, les poëtes ne cessent de dire que les Chrétiens souffroient, avec une constance plus qu'humaine, les supplices et la mort en témoignage de la résurrection de Jésus-Christ? Les seules lettres de Pline le jeune à Trajan, à ce sujet, sont une preuve remarquable de la force de mon argument.

Supposons qu'un philosophe Païen, vivant soixante ans après la crucifixion de Jésus-Christ, ait écrit pour prouver que les faux miracles s'opèrent ordinairement dans l'obscurité et devant peu de témoins, et que, venant à parler de ceux de Jésus-Christ, il en parlât en ces termes : « Ses » œuvres étoient toujours au grand jour, » parce qu'elles étoient vraies; elles ont été » vues de ceux qu'il a guéris, de ceux qu'il » a ressuscités des morts; et ceux qu'il a » guéris et qu'il a ressuscités ont été vus, » non-seulement au tems de leur guérison, » et de leur résurrection, mais long-tems

» après ; bien plus, ils ont été vus non-
» seulement pendant que Jésus-Christ étoit
» sur la terre, mais ils lui ont survécu, et
» même encore de nos jours, plusieurs de
» ceux-là sont vivans. »

Si un témoignage semblable avoit été rendu
par un philosophe d'Athènes, n'est-il pas
vrai que les incrédules même ne pourroient
s'empêcher de le considérer comme étant de
grands poids, et peut-être que leur incrédulité en seroit ébranlée ? Eh bien, ce sont précisément les termes dans lesquels s'exprime
un fameux philosophe Athénien, nommé
Quadratus, qui vivoit environ soixante ans
après Jésus-Christ. Mais, dira-t-on, il étoit
Chrétien : or, envisagez la chose sans partialité, et voyez si son témoignage n'en est
pas, par cela même, plus convaincant ? S'il
fût resté dans l'idolâtrie, le monde n'auroit-il pas dit, qu'il n'étoit pas sincère dans
ce qu'il avoit écrit, autrement il eût em-
brassé le christianisme ? Or, une preuve
qu'il croyoit ce qu'il écrivoit, et qu'il avoit
bien approfondi les choses, c'est que non-
seulement il quitta l'idolâtrie, mais qu'il
souffrit le martyre en témoignage de la vérité de sa nouvelle foi.

Aristide étoit un autre philosophe d'A-
thènes, contemporain de Quadratus; il em-
brassa le christianisme, et en fit l'apologie.
Son ouvrage est perdu, mais il existoit du
tems d'*Ado Vinensis* (en 870), qui nous
assure qu'il étoit très-estimé.

S. Augustin a dit : « Si les miracles sur
lesquels s'appuie la religion chrétienne ne
sont pas vrais, son établistement, en dépit
de l'opposition de toutes les Puissances de
la terre, est seul un grand miracle. » Un
auteur moderne a amplifié très-élégamment
cette proposition : « Si Jésus-Christ n'est pas
réellement ressuscité, il sera vrai que douze
pêcheurs, sans expérience, et sans autre
appui qu'une folle audace, l'auront emporté par la fraude la plus grossière, sur
les ennemis de leur doctrine les plus éclai-
rés, les plus instruits et les plus artificieux.
Il sera vrai qu'une poignée d'hommes mé-
prisés, haïs et persécutés, sans talens pour
plaire, sans preuves pour convaincre, aura
fait plier tout à la fois l'autorité, la politique et la multitude; il sera vrai qu'en promenant par toute la terre, un système contraire à la religion de tous les peuples,

formellement combattu par tous les philosophes du monde, inconcevable à la raison
des simples, inaccessible à la sagacité la
plus pénétrante, irréconciliablement opposé
aux préjugés les plus universels, ils auront
cependant renversé toutes ces religions,
humilié et fait taire tous ces sages, vaincu
toutes les répugnances de l'esprit, changé
toutes les préventions, et cela, encore une
fois, par la seule exposition du fait le plus
extravagant en apparence, le plus destitué
de certitude ; il sera vrai que les hommes
les plus vils auront fait ce que les Puissances les plus accréditées, les plus absolues,
ne sauroient accomplir, n'oseroient même
entreprendre ; c'est-à-dire, de faire con-
courir tous les hommes dans la créance d'un
fait contre toute évidence du contraire. Il
sera vrai que les fourbes les plus malhabi-
les, les plus insensés dans leurs mesures,
auront trouvé l'art de perpétuer le souvenir
du fait le plus incompréhensible, par l'ins-
titution d'un jour destiné partout à en ho-
norer la mémoire. Il sera vrai que, durant
dix-sept siècles, on n'aura pas su trouver le
mot de l'énigme, ni inventer un dénouement
tant soit peu vraisemblable à ce malheureux

mystère, à ce prodige de séduction. Que
celui-là se montre, qui voudra se rendre
protecteur de cette foule d'absurdités visi-
bles. *Hauteville, in-4°.* page 313; Paris,
1722.

145. Pour satisfaire en quelque sorte la
curiosité de ceux qui désirent connoître
les auteurs profanes qui ont parlé de Jésus-
Christ, sans être convertis au christianisme,
j'en citerai ici quelques-uns des principaux.
Tacite, lib. 15, chap. 44, parle de sa mort
sous le règne de Tibère; *Suétone,* en
Claude, 25; et *Néro,* chap. 16; *Lucien,*
dans *Peregrin, Pline* le jeune, *Ep.* 97, en
ont parlé clairement. Le massacre des enfans par Hérode à Bethléem, est rapporté
par *Dion,* dans sa Vie d'Octave César, et
par *Macrobe.* Les ennemis même des Chrétiens, Celsus, Porphyre, et Julien, parlent
des miracles opérés par Jésus-Christ; mais
ils les nomment des prestiges, ou les attri-
buent à la magie. *Chalcidius,* dans son
commentaire sur le Timée de Platon, parle
d'une nouvelle étoile qui parut (vers le
tems de la naissance de Jésus-Christ), et
sembloit annoncer la venue en terre d'un

Dieu que de sages Chaldéens cherchèrent et vinrent adorer. Tertullien, dans son Apologétique, parle de la protection que Tibère accorda aux Chrétiens ; et s'adressant aux Romains qui avoient vécu dans ce tems-là, il leur rappelle que cet Empereur proposa au Sénat de faire recevoir le Christ au nombre des Dieux que Rome adoroit, mais qu'on lui représenta que ce seroit abolir le culte des autres Dieux. *Lampridius,* dans sa Vie d'Alexandre Sévère, dit que ce Prince vouloit élever des temples à Jésus-Christ dont il admiroit la vie et la doctrine, mais que ses conseillers l'éloignèrent de ce dessein par la même raison. — Le même auteur dit aussi que l'empereur Adrien avoit eu la même idée. Quoi qu'il en soit, Alexandre Sévère adoroit en secret Jésus-Christ, dont il avoit un simulacre dans son cabinet. Tacite et Suétone parlent de l'opinion qui prévaloit dans le monde, qu'il viendroit de l'orient un Roi qui régneroit sur toute la terre ; et ils rapportent à Vespasien les prophéties qui ne regardoient que Jésus-Christ. Le Targum de Jérusalem et plusieurs des auteurs Juifs contemporains parlent de Jésus-Christ, de ses miracles, auxquels ils

refusent une autorité divine , il est vrai ;
autrement ils n'eussent pas pu se refuser à
leur conviction. Ainsi les uns, par intérêt,
pour ne pas perdre leur état ; les autres ,
par la crainte de la persécution ; d'autres ,
(et probablement le plus grand nombre)
pour avoir entendu parler légèrement de
Jésus-Christ, et ne s'être pas donné la peine
d'approfondir les merveilles de sa vie, sont
restés dans l'incrédulité, tout en témoignant
pour lui.

146. Trogue Pompée étoit un historien
tellement estimé , qu'un des plus habiles
écrivains de l'antiquité (Justin) a fait un
abrégé de son histoire, dont le mérite généralement reconnu n'a pas peu contribué
sans doute à faire perdre l'original. On
trouve dans l'abréviateur un passage remarquable sur Joseph , qui s'accorde sin-
gulièrement avec ce qui est dit de lui dans
le livre de la Genèse; le voici : « Joseph
étoit le plus jeune de ses frères ; il eut une
supériorité de génie, qui le leur rendit redoutable, et qui les porta à le vendre aux
marchands étrangers , qui l'emmenèrent
en Egypte, où il exerça l'art magique avec

un succès qui le rendit très-cher au Roi. Il étoit plein de pénétration dans les prodiges, et dans l'explication des songes ; il n'y avoit rien de si abstrait dans les choses divines ou humaines qu'il n'atteignît, jusque-là qu'il prédit une stérilité plusieurs années avant qu'elle arrivât. L'Egypte eût péri de famine, si le Roi n'avoit, par le conseil de Joseph, publié un édit par lequel il ordonnoit de faire des provisions pour plusieurs années. La science de Joseph étoit telle que les Egyptiens écoutoient les oracles de sa bouche, comme venant non des hommes , mais de Dieu même.

147. Il n'y a pas de doute que S. Pierre ne fût marié : S. Mathieu, chap. 8, v. 14, parle de la mère de sa femme que Jésus-Christ guérit. Le mot πευθεραν, qu'il emploie pour la désigner, signifie non-seulement belle-mère (*socrus*), mais proprement mère de sa femme ; lorsqu'il est question de belle mère, comme seconde femme du père, c'est μητρυα (*noverca*) que l'on emploie. Le nom de la femme de Pierre étoit *Perpetua ;* elle souffrit le martyre à Rome quelque tems avant lui. S. Clément (*Recognitiones in Cotelerii P.*

P. lib. 7, sec. 25) en parle positivement, et Clément d'Alexandrie dit qu'il la suivoit au supplice pour l'exhorter à mourir avec courage (Strom. lib. 7, sect. 11). Elle étoit fille d'Aristobule, surnommé Zébedée et nièce de l'apôtre Barnabas ; ils avoient une fille nommée *Petronilla.* St. Clément, disciple de St. Pierre, et St. Ignace, disciple de St. Marc, disent tous les deux que St. Pierre et St. Paul étoient mariés (Euseb. *Hist. Eccl.* lib. 3, chap. 30. — Ignat. *Epist. ad Philadelph.*) St. Ignace n'est pas le seul qui ait dit que St. Paul étoit aussi marié ; Clément d'Alexandrie (Strom. lib. 7, sect. 21), le conclut ainsi, de deux passages de cet apôtre, Iᵉʳᵉ. aux Corinthiens, chap. 9, v. 5 ; et aux Philippiens, chap. 4, v. 2 et 3. Dans le premier il dit : « N'avons-nous pas » le pouvoir de mener avec nous une sœur » femme, comme font les frères du Sei- » gneur et Céphas ? » Or, cette sœur femme ne pouvoit pas être une étrangère, cela eût été scandaleux ; et nous venons de voir que St. Pierre menoit avec lui sa femme, que les Martyrologes et autres auteurs disent avoir souffert le martyre à Rome lorsqu'il y étoit. Il ne s'ensuit pas de ce que

dit St. Paul, qu'il menât la sienne avec lui ;
au contraire, il paroît qu'il n'en faisoit
rien, mais seulement qu'il pouvoit le faire ;
et St. Clément en donne pour raison, qu'elle
lui eût été inutile dans son ministère. Mais
tous les auteurs des premiers siècles appli-
quent le second passage de St. Paul à sa
femme, et le συζυγε γνησιε est par les meilleurs
interprètes traduit par *conjux germana* ou
sincera conjux ; et à ce sujet St. Ignace aux
Philadelphiens dit, que non - seulement
St. Pierre et St. Paul, mais la plupart des
autres Apôtres, étoient mariés. Théophylacte, qui ne convient pas du sens donné
à ces mots, se fonde sur ce que cette apostrophe est au masculin, mais à tort : συζυγος
est neutre ; et quant à γνησιε, on sait que,
dans le dialecte attique, le masculin est
souvent mis pour le féminin Homère met
κλητος pour κλητη, Euripide γυνναιος pour γυναια ;
et le même Théophylacte, dans l'Epître à
Tite, chap. 1, interprète σωτηριος par *salu-
tifera.* Cette apostrophe ne convenoit point
à ceux qui coopéroient avec St. Paul dans
le ministère de l'Évangile ; il les appelle
toujours συνεργος, et non συζυγος. Les Évêques
et les Prêtres étoient mariés dans la primitive

Église. St. Paul, 1 Tim. chap. 3, v. 2 et 12, dit qu'il faut qu'ils *soient* ΕΙΝΑΙ, ἘΣΤΩΣΑΝ, maris d'une seule femme, non pas qu'ils n'aient eu qu'une seule femme. C'est ainsi que Théodoret l'interprète. « J'approuve, » dit-il, le sentiment de ceux qui disent » que, comme les Juifs et les Grecs avoient » plusieurs femmes à la fois, et qu'à pré- » sent que les lois des Empereurs ne le per- » mettent pas, ils entretiennent des concu- » bines avec leurs femmes; l'Apôtre défend » que l'on ordonne pour Évêques autres » que ceux qui n'avoient qu'une seule » femme. » ΕΙΝΑΙ μῖας γυναικὸς ἀνδρα; au pré-sent, qu'il *soit,* non pas au passé, qu'il *ait été.* Je me suis étendu davantage sur ce sujet dans mon ouvrage *de l'Église du Pape, et de quelques points de contro-verse.* Je n'ai voulu ici que présenter quel-ques argumens que j'avois omis là, et ajouter quelques citations que je ne connoissois pas alors.

148. Ἐδόθη μοι σκόλοψ τῆ σαρκὶ, II. Cor. ch. 12, v. 7. Quelques commentateurs ont inter-prété cet aiguillon de la chair, dont se plaint St. Paul, par des désirs de concupis-

cence : mais quelle apparence qu'un aussi saint Apôtre, déjà vieux, fût incommodé des mouvemens de la chair, au point de s'en plaindre ? Il est plus probable, selon St. Ambroise, que St. Paul parle ici des intrigues, des persécutions, des calomnies de ses ennemis, qui ne le laissoient point en repos, et servoient, comme il le dit lui-même, à l'empêcher de se glorifier des avantages qu'il avoit reçus du Seigneur, s'il y eût été disposé; ce sont ces ennemis qu'il appelle Satan, c'est-à-dire, des suppôts de Satan.

149. Quiconque regarde une femme pour la convoiter a déjà commis un adultère avec elle, dit Jésus-Christ. Un auteur Grec, cité par Chrysostôme (*Collectanea Antonii*), a dit aussi Ῥίζα μοιχείας ἡ περίεργος θέα τῶν ὄψεων. La source de l'adultère est la trop curieuse inspection des yeux.

150. Les anciens philosophes, Platon entr'autres, croyoient qu'après la mort l'âme étoit revêtue d'un corps aérien et subtil, susceptible de toutes les sensations de peine et de plaisir, et par lequel l'homme

devoit être puni ou récompensé dans une
vie à venir. Ce sentiment n'avoit rien d'absurde, mais avoit besoin de preuves et de
témoignages. La révélation nous a tirés de
ce doute. Jésus-Christ (Math. chap. 22),
nous apprend qu'après la résurrection les
hommes seront semblables aux anges, ίσαγ-
γέλοι, c'est-à-dire, qu'ils auront des corps
immortels, incorruptibles, légers, lumi-
neux, sans toutefois quitter les qualités corporelles, comme nous voyons qu'étoit le
corps de Jésus-Christ après sa résurrection,
qui étoit sensible, avoit de la chair et des
os. L'Évangile nous enseigne aussi que les
hommes ne mangeront ni ne boiront, et
qu'ils ne se marieront point ; ils seront
donc probablement dénués d'entrailles, et
de différence de sexe. Nous sommes fondés
jusque-là à établir nos conjectures ; vouloir les pousser plus loin, c'est entrer dans
des questions vaines et inutiles. Quant à
l'état de l'âme immédiatement après la mort,
et avant qu'au tems de la résurrection générale elle reprenne son corps, il ne faut
pas penser qu'elle soit dénuée jusqu'alors de
tout sentiment. L'autre monde n'est pas
autant éloigné de celui-ci que l'on se

l'imagine ; c'est notre union avec le corps qui nous en intercepte la vue ; aussitôt que l'âme le quitte , elle passe dans un autre monde , ou plutôt dans un autre état de vie ; car le monde n'est pas le même. Vivre avec ce corps , est vivre dans ce monde : vivre sans le corps est changer de scène , et commencer à voir ce que le voile de la chair nous cachoit. Un nouveau spectacle se présente immédiatement à notre vue ; l'obstacle matériel étant écarté, l'âme aperçoit ce qui auparavant étoit invisible. St. Paul nous dit (IIe. aux Corinthiens, c. 5, v. 6 et 8):
« Quand nous sommes avec le corps, nous
» sommes absens du Seigneur ; mais quand
» nous sommes absens du corps, nous som-
» mes en présence du Seigneur. » Il semble que cela doive suffire pour nous guérir de notre attachement au corps , à moins que nous n'aimions mieux , dit Sherlock , être toujours renfermés dans une prison , et regarder comme au travers d'une grille , au lieu de nous trouver en liberté , et de jouir d'une glorieuse perspective du monde. La mort nous ouvre les yeux , étend notre vue , et nous présente l'aspect d'un monde glorieux et nouveau , que nous ne pouvons

jamais apercevoir, tant que nous sommes détenus dans les liens de ce corps mortel.

151. Il y a deux grandes questions agitées sur l'enfer ; le lieu où il est, et l'éternité de ses peines. Les anciens l'appeloient le Tartare, *l'ades*, άdης. Les Juifs l'appeloient *Gehenna*, de la vallée d'*Hinnom*. Homère et Hésiode le placent sous la terre ; d'autres le placent sous le *Ténare* ; d'autres sous le Lac *Avernus*, dans la Campanie ; d'autres, à la source du *Styx*, rivière d'Arcadie ; les premiers Chrétiens le plaçoient aux Antipodes, ou au centre de la terre (voyez Tertullien). Peut-être que ce globe terrestre sera converti en un lieu de Gehêne pour le tourment des méchans et des mauvais anges. Selon Whiston, les comètes sont autant d'enfers destinés à transporter alternativement les damnés dans le voisinage du soleil, pour y être brûlés de son feu, et les reporter ensuite dans les régions du froid et des ténèbres ; au-delà de l'orbite de Saturne. Swinden le place dans le soleil même ; et Pythagoras, avant lui, l'avoit placé dans la sphère du feu. Les raisons alléguées par Swinden sont sa ca-

pacité, sa distance de l'empyrée ou du ciel local, considéré comme le centre du système général de l'univers.—Origènes n'admettoit point l'éternité des peines de l'enfer; et plusieurs auteurs graves, de notre tems, ont maintenu son opinion, entr'autres le célèbre archevêque Tillotson, qui la défend ainsi : Il observe que la mesure des peines, par rapport aux crimes, n'est pas toujours prise d'après le degré des transgressions, mais des raisons du Gouvernement, qui inflige tellement les peines qu'elles puissent assurer l'obéissance aux lois, et en prévenir l'infraction. La première fin de la menace n'est pas la punition du crime, mais la prévention de la transgression de la loi. Dieu ne menace pas de punir l'homme, afin qu'il pèche et soit puni, mais afin qu'il ne pèche pas et soit sauvé; c'est pourquoi plus la menace est grande, et plus la bonté se manifeste ; outre que celui qui fait la menace peut s'être réservé le pouvoir de l'exécuter, ou non. Il y a cette différence entre menacer et promettre, que celui qui promet est obligé de tenir parole ; mais celui qui menace, conserve toujours le droit de punir ou non, et n'est pas obligé de mettre la menace à exécution qu'autant qu'exigent les raisons de son Gouvernement. Ainsi, quand Dieu envoya Jonas annoncer la destruction de Ninive, il connoissoit ses droits; et fit ce qu'il lui plut, quoique la menace eût été positive, et indépendante de la repentance des habitans de cette ville.

152. Les Démons chez les Anciens étoient des esprits subordonnés à la Divinité et agissant sous ses ordres. Platon, dans son Timée, en fait des demi-Dieux, à qui l'Être Suprême commit l'arrangement des différentes parties du monde, c'est pourquoi Orphée les appelle Δαίμονας Ὀυρανίος καὶ ἠερίος καὶ ἐνύδρος. Dans l'Evangile les Démons sont le plus souvent mentionnés comme possédant les esprits des hommes, et tourmentant leurs corps; ils sont aussi appelés des anges (Mathieu, c. 25, v. 41): τῷ διαβόλῳ καὶ τοῖς ἀγγέλοις αὐτῦ, au Diable et à ses anges; et St.-Pierre (2 Ep. ch. 2, v. 4) εἰ γὰρ ὁ Θεός, ἀγγέλων ἁμαρτησάντων, ὐκ ἐφείσατο: Si Dieu n'a pas épargné les anges qui ont péché; où l'Apôtre désigne ceux dont Jude dit qu'ils n'avoient pas conservé leur puissance, mais avoient abandonné leur pre-

mière demeure. Μὴ τηρήσαντας τὴν ἑαυτῶν ἀρχὴν ἀλλὰ ἀπολιπόντας τὸ ἴδιον οἰκητήριον, dont St. Jean (Ch. 8, v. 44,) dit que le Chef ἐν τῇ ἀληθεία ἐ ἔστηκε, n'étoit pas resté dans le chemin de la vérité. St. Pierre au même endroit dit, que Dieu les avoit précipités dans les ténèbres, où ils étoient retenus enchaînés pour le jour du jugement : σειραῖς ζόφου ταρταρώσας παρέδωκεν εἰς κρίσιν τετηρημένες. Et de même l'Apôtre Jude : εἰς κρίσιν μεγάλης ἡμέρας δεσμοῖς ἀϊδίοις ὑπὸ ζόφον τετήρηκεν. Ces mauvais anges, après avoir joui de la lumière cèleste, se trouvent comme dans les ténèbres étant précipités dans les basses régions de l'air; ce qui fait que St. Paul appelle Satan le Prince des Puissances de l'air : τὸν ἄρχοντα τῆς ἐξουσίας τῦ ἀέρος (Ephes. ch. 2, v. 2). Il faut savoir que ταρταρῦν signifie précipiter en bas, et τάρταρα s'entend de tout lieu qui est au bas, soit en terre, dans l'eau ou dans l'air. Ainsi Homère (Iliad. θ. M. φ.) di ταρταρον νεροντα, ζόφον νεροντα : Les tartares de l'air, les ténèbres de l'air.

153. Pichler, né à Rome d'un père Allemand, a été le plus habile graveur en pierres fines, parmi les modernes, sans excepter Natter. Il a, plus qu'aucun autre, approché

de la perfection des anciens. Je lui ai entendu dire, qu'avec toute l'application qu'il
avoit toujours mise à imiter les grands maîtres de l'antiquité, il n'osoit pas se flatter
que le meilleur de ses ouvrages arrivât à
égaler leurs ouvrages médiocres. Son ambition étoit cependant de travailler à faire
quelque chose qui pût être cru antique. Il
m'a raconté là-dessus, qu'ayant une fois
trouvé une très-belle sardoine, il résolut
de la graver en creux dans le goût antique.
Il prit pour son sujet un homme jouant avec
un cerceau, et il y mit tant de soin que,
tout modeste qu'il étoit, il en fut très-satisfait. A peine l'ouvrage étoit-il fini qu'il dis-
parut, sans qu'il sût comment, sinon qu'il
soupçonna que son apprenti le lui avoit
volé ; mais il n'avoit pas de raison suffisante
pour l'en accuser. Au milieu de ces doutes,
don Ciccio Alfani, grand antiquaire de
Rome, et réputé bon juge en cette matière,
entra chez lui plein d'enthousiasme ; il venoit pour lui faire voir un chef-d'œuvre de
l'antiquité, qu'il avoit acheté de Christiani,
autre antiquaire de Rome, pour cinquante
sequins ; et Christiani l'avoit, disoit-il,
acheté d'un paysan qui l'avoit trouvé en

labourant la terre. Quel fut l'étonnement
de Pichler de reconnoître son propre ouvrage, l'homme au cerceau! Il demande à
don Ciccio s'il est bien sûr que ce soit une
antique. Celui-ci lui répond, « Qu'il n'y a
» pas à en douter, qu'aucun artiste n'a ja-
» mais pu approcher de la perfection d'un
» tel ouvrage ». Pichler, flatté d'avoir obtenu ce qu'il désiroit, préféra l'honneur
que lui faisoit le jugement de deux habiles
antiquaires au recouvrement de son *inta-*
glio, et prit le parti de les laisser tous deux
dans l'erreur. Quelques jours après, don
Ciccio Alfani vint le trouver : « Je vais à
» Paris, lui dit-il, où je connois deux ama-
» teurs, qui me paient bien ce que je leur
» porte. Ne pourriez-vous pas imiter si
» bien *l'homme au cerceau*, que l'on pût
» prendre la copie pour l'original ? Per-
» sonne ici n'en est plus capable que vous ».
Pichler promit d'y mettre tout son savoir.
Il copia son propre ouvrage, et il se tint,
à dessein, un peu au-dessous de l'original,
mais si peu, qu'il n'y avoit qu'un habile
connoisseur qui pût prononcer l'un infé-
rieur à l'autre ; et don Ciccio, très satisfait,
le lui paya quarante sequins. Il part pour

Paris, et vend ses deux prétendues anti-
ques à ses bonnes pratiques : le premier
à M. d'Augny, célèbre par sa magnifique
collection de pierres précieuses, et l'autre, à un amateur dont j'ai oublié le nom.
À quelques mois de là les deux connoisseurs
se rencontrent, chacun avec l'homme au
cerceau à son doigt : « Voyez, dit l'un, la
» belle acquisition que j'ai faite d'une an-
» tique admirable ». « Bon, dit l'autre, en
tirant une bague de son doigt, « Vous avez
» la copie de l'original que j'ai acheté de
» don Ciccio Alfani ». « Vous vous moquez,
» dit le premier, c'est moi qui ai l'original,
» et vous avez la copie ». Là-dessus grande
dispute, suivie d'un pari de cent louis ; et
l'on convint de s'en rapporter au jugement
de Pichler. Les deux bagues lui furent aussitôt expédiées par la poste : on lui écrivit ;
et Pitchler, content de son succès, leur
répondit, « Qu'ils pouvoient retirer leur
» pari, et que c'étoit lui qui avoit gravé
» les deux pierres ». Je connoissois beaucoup M. d'Augny. En revenant de Rome
je fus dîner chez lui : je lui demandai à
voir l'homme au cerceau ; il me le montra :
je lui dis ce que Pichler m'avoit raconté ;

il convint de la vérité du fait, en ajoutant qu'il ne regrettoit pas les cent louis qu'il avoit donnés pour cette bague, d'autant moins qu'il avoit l'original. Je dois dire encore que Pichler découvrit par la suite que son apprenti, après l'avoir volé, avoit aposté un paysan pour vendre l'*intaglio* à Christiani, comme s'il l'eût trouvé en terre ; fraude communément pratiquée à Rome, et de laquelle, comme bien d'autres, j'ai été moi-même la dupe à mon premier voyage en cette ville.

154. Le traité de morale le plus complet, le plus méthodique et le plus didactique que nous ayons, est encore celui d'Aristote. Le célèbre Nicole a intitulé son ouvrage sur ce sujet, *Essais de Morale*, et il a eu raison ; on y trouve bien toute la morale, mais c'est plutôt une série de sermons qu'un traité de morale : c'est dans ce beau traité qu'Aristote a si bien défini l'amitié. La substance de ses principes est qu'aimer est un besoin. « Nulle » amitié, dit-il, sans besoin ; ce seroit un » effet sans cause. Les hommes n'ont pas » tous les mêmes besoins ; l'amitié est donc » fondée entre eux sur des motifs différens.

» Les uns ont besoin de plaisir ou d'argent,
» les autres de crédit; ceux-ci de converser;
» ceux-là de confier leurs peines : en con-
» séquence, il est des amis de plaisir, d'ar-
» gent, d'intrigue, d'esprit et de malheurs ».
Rien de plus utile que de considérer l'amitié
sous ce point de vue, et de s'en former des
idées nettes.

155. Il y a des personnes de beaucoup
d'esprit qui traitent la raison de chimère,
et comme insuffisante et sans force pour
nous convaincre des grandes vérités méta-
physiques; mais ce n'est de leur part qu'un
pur sophisme ; car en voulant combattre
contre la raison, ils le font, ou avec raison,
ou sans raison : dans le dernier cas, ils ne
font rien, et dans le premier, ils trahissent
leur propre cause, et établissent cela même
qu'ils veulent détruire. *Vide* 175.

156. Il est inutile et souvent dangereux de
vouloir approfondir quelques-uns des mystères inexplicables de la Religion chrétienne. Celui de la génération du Verbe est sans
doute le plus difficile, puisqu'il entre dans
la connoissance de la nature de l'Être

Suprême, à laquelle notre esprit limité ne peut jamais atteindre. Cet article étant cependant un des objets de notre foi, et faisant partie du symbole de Nicée, a dû fixer l'attention des esprits capables de s'occuper d'un si grand sujet. Parmi ceux qui en ont parlé le plus dignement, est *Marcile Ficin* (*della verità della Religione christiana*, cap. 13), élève de *Gemisthius Pletho*, l'un des restaurateurs des lettres venues de la Grèce au milieu du quinzième siècle. Voici comme il s'exprime à cet égard, et la matière est si délicate, que je n'ose la traduire.

Ficin, dans le Traité cité ci-dessus, venant à cette question, *Come si fà la generazione del Verbo?* l'explique de cette manière : « Ogni vita genera prima la sua stirpe in se medesima, che fuori di se; e quantò è più prestante vita, tanto più interiore à se genera sua stirpe........ Così la vita rationale partorisce in se medesima la ragione delle cose......... Così la vita angelica, più alta che la vita rationale, partorisce in se, per virtù di Dio, conoscimenti e forme di se e delle cose........ La vita Divina, essendo eminentissima e fecondissima sopra tutte,

III. M

molto maggiormente genera prole à se simi-
lissima che non fanno gli altri generanti, e
quella prola genera in se medesima, prima
che fuori di se la spieghi : genéra, dico, intendendo; si come Iddio, perfettamente intendendo se medesimo e in se tutte le cose,
concepe in se medesimo un perfetto concetto di tutto se, e di tutte le cose; il quale
concetto è imagine d'Iddio piena ed iguale,
ed esemplare del mondo sopra pieno. Orfeo
lo nominò Pallas, nata solamente del capo
di Giove ; Platone chiamò tal concetto figliolo del Padre Iddio, nella Epistola à
Hermias (Plat. tom. 3, p. 322) e nello Epi-
nomide (tom. 2, p. 986) l'appellò ragione e
Verbo, dicendo cosi : « Il verbo, sopra
» tutte le cose, divinissimo, adornò questo
» mondo » (1). Mercurio Trismegisto, nel
libro che tradusse Apuleo di Greco in La-
tino, e anche in quel altro che traducemmo,
noi, molte volte della sapientia d'Iddio
parlando, la chiama, figliolo d'Iddio, e en-
cora fà mentione dello Spirito : simile cose
truovo in Zoroastro. Dissono costoro quello
che poteronno, eziandio con l'ajuto d'Iddio ;

(1) Οἱ λόγοι ἦ πρὶς τὸν Θιὸν. S. Jean, ch. 1, v. 1.

ma solo Dio l'intende interamente, ed intra gli uomini, colui più, al quale Iddio piu ne rivela. La fecondità di Dio, la quale è il bene infinito in atto, per la natura dello interno ed immenso bene, ab eterno propaga se medesima in atto infinitamente; ma cio che è fuori di Dio è finito. Dio adunque propaga, cioè genera se, in se medesimo, ove certamente dello eterno padre è il figliolo eterno. È dunque necessario che questa stirpe molto maggiormente sia intima à esso Dio che la detta sopra stirpe dell' angelo al angelo. Imperoche nel angelo, perche altro è lo essere, altro lo intendere, però la forma e ragione, che intendendo quivi si genera, è differente assai dalla essentia del angelo; ma in Dio, perche l'essere e l'intendere è uno medesimo, la ragione, la quale Iddio, sempre se intendendo, genera sempre, come espressima imagine di se, tutta una è in essentia che colui, che genera; benche per una certa relatione mirabile, come generata, si distingue del generante. Dio, per questa eterna cognitione e forma, conoscendo ab eterno se medesimo infinito bene, per la medesima, ab eterno spira infinito amore

in se ed inverso se medesimo ». Voyez
N°. 177.

157. Il est dit (S. Luc, ch. 22, v. 44,)
que Jésus - Christ à l'agonie et saisi d'une
transe excessive, sua des gouttes de sang.
Explication physique à part, voici des faits
qui peuvent servir à illustrer ce texte.

Avicenne (lib. 2, cap. *de sudore*) rapporte avoir vu des sueurs jaunes, et d'autres vertes ; et dans un autre ouvrage (*in
Cantic.*) il dit avoir vu une sueur noire
comme de l'encre, dont la cause étoit la
mélancolie. Vid. *Olaüs Borrichius, acta
Hafniensia. — Bartholin, tom. 1, p.* 155,
1672.—*Alsharavius Arabicus, lib. pratic.
sect.* 2, *tractat.* 31, *cap.* 19.—Il y a eu des
sueurs d'urine, arrivées par des rétentions
d'urine ; des sueurs qui avoient l'odeur des
excrémens (*Appendix Ephemerid. Germa-
nic. an.* 1688). Apulée, dans son apologie
première, dit que Crassus s'étant baigné
une seconde fois, après un grand repas,
eut une sueur de vin (*Vid. et Franc. Zip-
pée : Fundament. Medic. Physic. pars* 2,
cap. 3, *art.* 17). Nous avons un grand

nombre d'observations de sang coulant ou
transudant de quelques parties en particulier. Il en sort quelquefois par les oreilles,
par les yeux, par les gencives. Bartholin
(*de cruce hippomnem.* 4, *de sudore sang.*)
dit avoir vu une Dame à qui il ruisseloit des
gouttes de sang du visage et de la main
gauche, dès qu'on les lui touchoit. Voyez
aussi Barlæ *de vitâ Scanderbergi.*—Henri,
ab Heers (*Observat. Medic. rarior. seu
fons spadan. Lug. Bat.* 1685, *Observat.*
23), dit que, toutes les fois qu'un Flamand,
qui buvoit les eaux de Spa, revenoit le matin de la fontaine, il lui sortoit du sang
goutte-à-goutte de dessous les aisselles (*vid.
Gasp. Pezoldus, Observat. Wratislaviae,*
1715, *in-*12.—*Benivenius de abditis mor-
bis.*—*Fernel, lib.* 6 *Pathologiae, cap.* 4,
Paris, 1567, *fol.*). Galien, *lib. de Medi-
cament. purgant. cap.* 4, parle d'une plante
qui produit une sueur de sang. Marcelle
Donati (*de Med. Hist. Mantuae,* 1596,
4°. *cap.* 2), dit avoir été témoin de ce que
l'on appelle, à la Martinique, *maladie de
Siam,* où l'on sue du sang par les pores.
—Enfin, il y a plusieurs sueurs de sang
causées par les passions violentes; car, sans

parler des sueurs de sang que rapportent
Aristote (*lib.* 3 , *Hist. Animal. cap.* 19, *et
lib.* 3 *partium animal. cap.* 5. — *Galien
de utilitate respirationis.*—*Theophrastus ,
Cresius , de sudore , lib. de dignoscend.
Morb. cap. 2.*) *Durius ,* dans les Ephémérides d'Allemagne (*Observ.* 179), dit qu'un
jeune homme, ayant été mis en prison, eut
une si grande frayeur qu'il tomba en foi-
blesse et sua du sang par la poitrine, les
mains, etc. M. Fagon, médecin de la fa-
culté de Paris, dans sa thèse du 25 janvier
1665 : *Ergo sudor sanguinis a natura vi.*
Et ensuite, *sed et sensibus facta fides est :
consecratam virginem, impurissimis sica-
riis ad eam corrumpendam advolantibus ,
stupri horrore , mundissimum sanguinem
è venis , sudoris specie , profudisse.*—Col-
lius (*tractat. de sanguine Christi , Medio-
lan.* 1617, *in-*4.), dit avoir appris de gens
dignes de foi, qu'en 1583 plusieurs personnes virent, en prison à Paris, un homme
qui suoit du sang. Grégoire Leti, dans sa
Vie de Sixte V, dit qu'un homme condamné
à la mort eut dans la nuit une très-grande
sueur de sang.—*Rosilius Lentilius,* dans les
Ephémérides d'Allemagne, rapporte qu'un

jeune enfant, complice du même crime que deux de ses frères condamnés à être pendus, ayant été conduit à l'échafaud dans le tems de l'exécution, sua du sang par tout le corps. — Maldonat dit qu'un homme, ayant ouï sa sentence de mort, sua du sang. — Vigneul de Marville, tome 3, page 179, parle d'une femme qui mourut à Paris d'une sueur de sang si excessive qu'il ne s'en trouva pas dans ses veines une seule goutte après sa mort. M. de Thou (*Hist.* lib. 2) rapporte que le Gouverneur de Montmartin ayant été arrêté par Auguste, fils de Saluces, et menacé de mort, s'il ne rendoit sa place, en fut tellement affligé qu'il sua sang et eau. Enfin, voyez un cas très-extraordinaire arrivé à Gênes en 1703, rapporté par *Saporitius*, médecin de Gênes, dans les Ephémérides d'Allemagne de 1712, Centurie 1ere. Observ. 20. — Voyez aussi *Calmet*, dans ses Dissertations sur la Bible, au tome troisième.

158. Voici le sentiment du chevalier Newton sur la matière : « Il me paroît probable, dit-il, que Dieu forma la matière de particules solides, dures, impénétrables et

mobiles , de telles formes , grandeurs et
autres propriétés , et en telle proportion à
l'espace , qu'elles tendoient le mieux à la
fin pour laquelle il les formoit. Ces particules primitives, étant solides, sont incom-
parablement plus dures qu'aucun corps po-
reux qu'elles composent ; elles sont tellement dures qu'elles ne peuvent jamais s'u-
ser ou se rompre , aucun pouvoir ordinaire
n'étant capable de diviser ce que Dieu a
fait un au tems de la création. Tant que ces
particules restent entières , elles peuvent
composer des corps de la même nature et
contexture dans tous les siècles ; mais si
elles pouvoient s'user ou se corrompre , la
nature des choses qui en dépendent viendroit à changer ; l'eau et l'air composés de
particules usées, de fragmens de particules,
ne seroient plus de la même nature et contexture que l'eau et l'air composés au commencement de particules entières ; il s'ensuit qu'afin que la nature puisse subsister
la même , les changemens qui arrivent dans
les choses corporelles ne doivent être attri-
bués qu'aux séparations diverses , aux nouvelles associations ou combinaisons, et aux
différens mouvemens de ces particules per-

manentes ; les corps composés étant sujets
à se corrompre , non au milieu de ces particules solides , mais là seulement où elles
sont unies ensemble , et se touchent en
quelques points. On peut assigner par-là
les raisons de la diversité des corps. Ainsi
les particules qui se touchent par des surfaces plus grandes , vu leur attraction mu-
tuelle , composent un corps très-dur ; des
particules qui ne se sont pas si fortement
attirées ou mêlées les unes aux autres composent un corps fragile et cassant (*brittle*).
Si elles se touchent l'une ou l'autre en de
moindres surfaces , alors le corps n'est pas
si dur que le corps cassant , mais il peut être
plus solide ; si elles se touchent seulement
sans être l'une sur l'autre , le corps est élas-
tique et revient à sa première forme ; si elles
sont posées ou glissées l'une sous l'autre ,
le corps est mol et se prête aisément aux
coups ; il est malléable , etc. ; si elles se
touchent à peine , le corps tombe aisément en poussière , en petits morceaux (*a
crumbling body*); si elles sont rondes ,
glissantes , et aisément agitées par la chaleur , elles forment un corps fluide ; si ces
particules ont une surface égale et sont ac-

crochées ou mêlées ensemble, alors elles
forment un corps flexible ou pliant, etc. etc.

159. Les bitumes, les soufres, lient les
terres aux métaux; les vitriols unissent les
métaux aux sels ; les cristallisations tien-
nent aux sels et aux pierres; les amianthes,
les lythophites, forment une sorte de liaison entre les pierres et les plantes; le polype
unit les plantes aux insectes; le ver à tuyau
semble conduire aux coquillages et aux reptiles ; le serpent d'eau, l'anguille, forment
un passage des reptiles aux poissons ; le
poisson volant, la macreuse, sont des mi-
lieux entre les poissons et les oiseaux; la
chauve-souris, l'écureuil volant, enchaînent les oiseaux avec les quadrupèdes ; le
singe donne la main au quadrupède et à
l'homme. Voyez N°. 87.

160. Les naturalistes et minéralogistes
n'ont pas fait de distinctions assez précises
entre plusieurs métaux naturels et factices
en usage dans la vie civile ; et il y a peu de
personnes qui ne fassent quelque méprise
dans la dénomination de ceux qui sont communément sous leurs yeux. Cela me déter-

mina un jour à m'appliquer à débrouiller la confusion qui règne souvent à cet égard, sur-tout dans les noms qu'on leur donne en françois et en anglois : voici le résultat de mes recherches.

CUIVRE natif; *metallo-rubrum, Linnaeus.* En anglois COPPER.

CUIVRE JAUNE; airain, laiton ou leton, χαλκός; anglois, BRASS : composé de cuivre fondu avec la *pierre calamine*, qui lui communique sa couleur jaune et sa dureté. Il est malléable et plus dur que le fer. — Valmont de Bomare parle d'un *cuivre jaune* natif très-estimé.

BRONZE; métal factice, composé de vingt-trois livres d'*étain* par cent livres de cuivre. On en fait des cloches, des statues, des médailles, etc. En anglois, BRONZE, *bell-metal.*

SIMILOR; en anglois, PRINCE's metal; six parties de cuivre sur une de ZINC.

ETAIN; métal blanc comme l'argent; en anglois, TIN : très-fusible, mol, flexible,

le plus léger des métaux, jamais employé
seul pour les ustensiles. L'ÉTAIN, en usage
pour assiettes, plats, cuillers, gobelets
(alors appelé en anglois PEWTER), est composé de cent livres d'*étain*, de quinze livres
de *plomb*, et de six livres d'*airain*. Outre
cette composition, il y en a d'autres où
l'on fait entrer l'*étain*, le *régule d'anti-
moine*, le *bismuth*, le *cuivre*, en différentes proportions.

FER-BLANC; feuilles de fer doux battu en
lames minces, et trempées ensuite dans
l'*étain* fondu. On en fait toutes sortes d'ustensiles de cuisine, boîtes à thé, etc.; on
l'appelle abusivement en Angleterre TIN.

Pierre de CALAMINE, *zincum terrestre*,
colore flavescente, aut fusco; *Linnaeus*,
Voyez N°. 87.

161. Le pont de Westminster contient
près du double des matériaux contenus
dans la Cathédrale de St.-Paul de Londres.
L'arche du milieu a soixante-seize pieds
d'ouverture. Il a coûté 218,800 livres sterling, et a été près de douze ans à bâtir;

St.-Paul en a coûté 736,800, et a été trente-cinq ans à bâtir. La moitié des matériaux est sous l'eau à marée basse.

162. Un Etat, pour être bien constitué, doit être composé de différens ordres de sujets. Si tous étoient d'une même classe, sans distinction de pouvoir, de rang ou de professions, il s'ensuivroit une anarchie, une confusion épouvantables. Chacun vou-droit commander, nul ne voudroit travailler pour un autre ; et quel est l'homme qui puisse se suffire à lui-même, et qui ne soit obligé sans cesse d'avoir recours à plusieurs autres pour son entretien ? Un tel Etat se-roit absolument imparfait, et ne pourroit pas subsister. — Si je veux remplir un bassin de balles rondes, je ne puis le faire avec des balles de la même grosseur ; il faudra bien qu'entre les interstices des plus grosses, je fasse entrer des balles de moindre grosseur ; celles - ci formeront entre elles des vides moins grands que je ne pourrois remplir qu'avec des balles plus petites ; ces dernières auront encore entre elles de petits intersti-ces, où je serai obligé d'introduire des balles encore moindres, jusqu'à ce qu'enfin, je

vienne à employer des balles presqu'imper-
ceptibles, avant de réussir à remplir tous
les vides du bassin avec des balles rondes.
Cet exemple peut servir à faire comprendre
la nécessité d'employer différentes classes
d'hommes dans une gradation insensible et
suivie, pour composer un Etat parfait.

163. Le cœur, dit-on, n'est pas capable
d'admettre à la fois plus d'une grande
passion, mais on se trompe : le cœur peut
nourrir plusieurs passions, pourvu qu'elles
soient de différens genres. Un homme, il
est vrai, sera difficilement amoureux de
deux objets en même tems; mais il pourra
être amoureux, colère, joueur, tout à la
fois; et outre ces passions qui se trouveront
en son cœur, il pourra encore y avoir place
pour les sentimens de l'amitié, de l'huma-
nité, de la compassion, etc. On peut le
comparer à un verre d'eau. Cette eau ad-
mettra différens corps dans ses pores, sans
augmenter beaucoup son volume. Saturez
une certaine quantité d'eau, dans un tems
tempéré, avec trois onces de sucre; quand
elle ne peut plus recevoir de sucre, il y
aura de la place pour deux onces de sel de

tartre ; vous y pourrez ensuite dissoudre une once et une dragme de vitriol vert, près de six dragmes de nitre, la même quantité de sel ammoniac, deux dragmes et un scrupule d'alun, et une dragme et un demi-scrupule de borax. Il est nécessaire d'agiter l'eau de tems en tems pour faciliter la solution. Voyez *Grew's Experiments of the Solution of Salts in Water*, et *Quincy's New Dispensatory*, *Introduction*, *page* xv, *note* 2. — La différente configuration des particules constituantes de chacun de ces corps fait que les unes trouvent successivement à se loger dans les interstices de l'eau, que les particules des autres corps n'ont pas pu pénétrer, à cause de leur configuration particulière. Il en est de même du cœur de l'homme ; si les passions qu'il ressent ne sont pas directement contraires, elles peuvent subsister ensemble en lui, sans se choquer ou se détruire. Ainsi le même homme pourra être amoureux, emporté, joueur, et il sera encore bon ami, humain, compatissant, si son cœur est disposé à sentir ces différens effets, et il ne seroit pas difficile d'imaginer une situation où ils auroient lieu tous à la fois.

164. Le baron van Swieten, fils du célèbre médecin de la cour de Vienne, m'a
raconté que lorsqu'il étoit au collége, son
père exigeoit qu'il s'appliquât particulièrement à l'étude de la langue grecque ; et afin
de l'y obliger davantage, il le faisoit corres-
pondre avec lui en grec. Une fois entre
autres le jeune homme, ayant besoin d'argent, avoit écrit à son père une belle lettre
en grec, où il exposoit que cet argent lui
étoit d'autant plus nécessaire qu'il devoit
un quartier à son maître de manége. Il arriva que le docteur van Swieten, qui étoit
Bibliothécaire de la bibliothèque publique
de Vienne, avoit été prié de collationner,
pour M. Meerman de la Haye, un manuscrit grec de Théodoret qui se trouve dans
cette bibliothèque. Ce M. Meerman compi-
loit alors la collection, qu'il a publiée depuis
à la Haye en 1771, sous le titre de *Novus*
Thesaurus Juris civilis canonici, en 7 t.
in-folio. Le docteur van Swieten copia et
collationna le manuscrit grec de Théodoret
pour son ami ; et en le lui envoyant, laissa
par mégarde dans le même cahier la lettre
de son fils, dont il avoit été si content qu'il
avoit eu dessein de la conserver. Cette lettre

ne laissa pas d'embarrasser un peu l'érudition de Meerman ; cependant, ne doutant
pas que ce fût un fragment de Théodoret,
il la publia à la suite de l'ouvrage principal ; n'oubliant pas de mettre en note, par
manière de commentaire, que du tems, de
la jeunesse de Théodoret, il y avoit déjà
des écoles vétérinaires et des maîtres de
manége. Le baron van Swieten me fit voir
cette lettre, qui est à la fin d'un des derniers
volumes. Quelques mois après me trouvant
chez le libraire De Gosse à la Haye, qui
avoit publié cet ouvrage, je me mis à plai-
santer sur la bévue singulière de cet éditeur :
« Ma foi, Monsieur, dit-il, cela ne me re-
» garde point ; voilà M. Meerman lui-
» même, qui vous en rendra compte. » En
effet, M. Meerman étoit là qui nous écoutoit.

165. Rien n'est plus extraordinaire que le
déguisement de l'abbé de Choisy en femme
pendant quelques années, et rien de plus
scandaleux que les aventures galantes qu'il
eut à la faveur de ce déguisement, dans une
province éloignée de Paris, et qu'il s'est permis de publier avec une impudence aussi

III. N

licencieuse que criminelle. Il étoit homme
de condition, riche des revenus de l'Église,
et très-beau de visage. *Monsieur,* frère de
Louis XIV, à l'âge de douze ans, avoit eu
la fantaisie de s'habiller quelquefois en fille.
L'abbé de Choisy, à-peu-près du même
âge, eut aussi la même fantaisie; sa mère
s'y prêta; et comme il étoit souvent chez
Monsieur, on prenoit plaisir à les habiller
tous deux en filles, et les faire paroître ainsi
aux théâtres et dans quelques cercles. Cela
mit dans l'esprit de l'abbé de Choisy, vers
l'âge de dix-huit ans, de vivre dans une
province éloignée de Paris, à Bourges en
Berry, déguisé en femme. Il prit seulement
avec lui deux domestiques affidés, fut s'é-
tablir à Bourges, sous le nom de la comtesse
des Barres, jeune et riche veuve. Il prit une
belle maison, plusieurs domestiques, fit les
meilleures connoissances parmi la Noblesse
de la ville et des environs, et abusa ainsi
de quelques jeunes Demoiselles de condition et autres, que les mères lui confioient
de bonne foi pour passer quelque tems avec
une Dame qui paroissoit propre à les ins-
truire dans les usages du grand monde.
L'abbé de Choisy étoit parent de MM. d'Ar-

genson; et voici ce que l'un d'eux dit de lui, dans son ouvrage intitulé : *Loisirs d'un Ministre*, pages 89, 90, tome second.

« Un des manuscrits que m'a laissés l'abbé
» de Choisy, mon cousin, contient son his-
» toire, sous le nom de la comtesse des
» Barres...... En le lisant, on croira cette
» histoire tout-à-fait invraisemblable ; je
» puis pourtant certifier qu'elle est très-
» véritable. Le vieux Abbé, long-tems après
» avoir écrit la vie de David, de Salomon,
» des histoires édifiantes, l'Histoire de l'É-
» glise, me contoit encore ces folies avec
» un plaisir indicible. »

166. On peut ajouter au contraste de l'abbé de Choisy, entre ses écrits et sa conduite, les exemples du cardinal du Perron et du cardinal de Richelieu. Le premier paroissoit fort zélé pour faire des prosély-tes parmi les Protestans ; il écrivoit de savans livres de controverse contre eux, il prê-choit sans cesse sur la perfection de la religion Catholique, Apostolique et Romaine, et n'en est pas moins mort d'une maladie honteuse pour tout homme, encore plus

pour un Prêtre. C'est Guy Patin, son contemporain, qui nous l'apprend, et dit le
tenir de bonne part, sans doute de quelque
médecin son confrère. Le même Patin parle
de trois maîtresses qu'avoit eues le cardinal
de Richelieu, dont une étoit sa nièce,
Marie de Vignerot, duchesse d'Aiguillon ;
l'autre, la femme du maréchal de Chaul-
nes frère du connétable de Luynes ; et la
troisième, Marion de l'Orme, si célèbre
par sa beauté, entretenue par l'infortuné
de Cinqmars, par le maréchal de la Meille-
raye, et par plusieurs autres, avant que
d'avoir été au Cardinal. Ce même cardinal
de Richelieu a eu pourtant aussi le zèle de
faire des conversions, et a écrit un in-folio
sur la controverse. Vittorio Siri a parlé de
Marion de l'Orme dans son Mercure his-
torique.

167. On regarde les Rois de France comme
étant majeurs à 14 ans, et cela a toujours
subsisté depuis l'ordonnance de Charles V,
roi de France ; mais on doit plutôt dire que
leur majorité est déclarée lorsqu'ils entrent
dans leur 14me. année : aussi Louis XIII,
Louis XIV, Louis XV, ont été déclarés majeurs à treize ans et un jour.

168. Protagoras maintenoit que tout étoit illusion, qu'il n'y avoit rien de vrai au monde; mais Aristote réfutoit sa proposition par le dilemme suivant : Cette proposition est vraie, ou elle est fausse; si elle est fausse, on ne doit point y ajouter foi; si elle est vraie, il y a donc quelque chose de vrai au monde, et par conséquent la proposition est fausse. *Vide* N°. 163.

169. Les Pères et les savans Théologiens qui ont soutenu que les Païens et autres infidèles seroient damnés, n'en ont pas jugé ainsi, par la raison qu'ils n'auroient pas cru en Jésus-Christ, puisque la foi est un don de Dieu, et que S. Paul a dit (Rom. 2, v. 12) : Comment croiront-ils, si on ne leur prêche l'Évangile? Mais ils ont pensé que les Païens seroient condamnés pour les péchés qu'ils auroient commis, auxquels leur infidélité n'ajouteroit rien d'aggravant, mais seulement les priveroient du moyen par lequel leurs péchés pourroient être effacés, qui est la foi en Jésus-Christ, et les conditions dont elle doit être accompagnée. Voyez section 9; et Clarke, 2e. partie, proposition 13, section 10.

179. Plusieurs écrivains des premiers siècles de l'Église chrétienne se sont donné
beaucoup de peine pour chercher dans les
écrits de Platon des passages applicables
au dogme de la Trinité ; et parmi les modernes, Ficin, Mornay, Vivès et autres,
les ont suivis en cela. Mais ces derniers
n'ont pas bien jugé du but des Pères de
l'Église ; ce qu'ils avançoient étoit moins
pour appuyer le dogme de la Trinité, par
le témoignage d'une autorité aussi respectable pour les Païens que Platon, que pour
combattre les objections que leur faisoient
Celse, Porphyre et Julien, qui traitoient
d'absurde une telle opinion. Ils travailloient
à leur faire voir que leur plus grand philosophe avoit eu sur la Divinité des opinions qui
ressembloient assez à celle dont ils se mo-
quoient. Quelques-uns, mais peu, ont été
plus loin peut-être, et ont soutenu sérieu-
sement que Platon, en voulant traiter de la
nature de Dieu, avoit distingué trois personnes dans la Divinité, et ils citoient
l'*Epinomis* et l'Épître à *Hermias* pour cela.
Dans l'*Epinomis* (tome 2, page 916, édition
de Serres), Platon parle du Νῦν ἱκανὸν ἔχοντα
ἡγεῖσθαι, qu'ils appliquoient à Dieu le Père :

le passage suivant du même endroit, ξυνα-
ποτελῶν κόσμον, ὃν ἔταξε ΛΟΓΟΣ ὁ πάντων θειοτατος
ὁρατον, étoit appliqué au Verbe, ou à Dieu
le Fils ; et le Saint-Esprit, selon eux, étoit
désigné par, καὶ τρίτον, ὡς μὲν ὀνόματι φράζειν ἐκ
ἐστι, δια το μη γιγνώσκεσθαι. Le passage tiré de
la conclusion de l'Épître à *Hermias*, est au
tome troisième de la même édition. Τὸν τῶν
πάντων Θεὸν ἡγεμόνα, τῶν τε ὄντων καὶ τῶν μελλόντων,
τῦ τέ ἡγεμόνος καὶ αἰτίη πατέρα, κύριον ἐπομνύντας,
étoit appliqué au Père et au Fils. Mais il ne
faut que lire avec attention ces deux passages, et sur-tout celui de l'*Epinomis*, pour
s'apercevoir, par ce qui précède et ce qui
suit, que Platon n'avoit nullement dans
l'idée de parler de la Trinité. Ceux qui l'ont
prétendu ont été entraînés par un zèle ou-
tré, ou bien égarés par un faux jugement.
Voyez N°. 164.

171. Lorsque j'étois à Turin, en 1780, il
se passa une scène fort extraordinaire dans
une église. C'étoit dans le Carême, vers le
commencement de février, tems où les jours
sont courts. Un Prédicateur fort à la mode,
qui prêchoit de longs sermons, s'étendit un
jour, après-dîner, si bien sur son sujet (qui

étoit de la repentance), qu'il y avoit une heure qu'il faisoit nuit avant qu'il eût terminé son discours. A peine avoit-il fini, qu'un de ses auditeurs éleva la voix, et demanda à être entendu. On prête aussitôt silence; et cet homme continuant, dit, que le saint homme qui venoit de prêcher avec tant d'onction, avoit fait une si vive impression sur lui, misérable pécheur, qu'il avoit résolu de changer entièrement de vie; et pour donner une preuve de sa parfaite contrition, il vouloit s'accuser publiquement de tous ses crimes. Il avouoit donc hautement qu'étant avocat de sa profession, il avoit abusé de la confiance de ses cliens pour les tromper, en vendant leurs intérêts à leurs parties adverses; il s'accusoit aussi d'avoir été mauvais fils, mauvais mari, mauvais père; et après avoir fait l'énumération d'une longue suite de crimes, il conclut par vouloir donner une preuve convaincante de la sincérité de son repentir en se nommant, et dit qu'il étoit l'avocat tel, demeurant à tel endroit. Il achevoit à peine, qu'une autre voix s'écria qu'il mentoit impudemment, et que c'étoit lui qui étoit l'avocat tel, qu'il n'avoit à se reprocher aucune des choses qui lui étoient aussi calomnieusement imputées. Il pria que l'on arrêtât le coquin qui venoit de parler, afin de le faire punir du tour sanglant qu'il avoit voulu lui jouer; mais ce fut en vain : le mauvais plaisant n'avoit pas plutôt entendu sa voix qu'il s'étoit échappé ; et malgré toutes les recherches que l'on fit, on ne put jamais découvrir qui il étoit.

172. Théodore de Bèze est mort à Genève en 1605. Il s'étoit marié trois fois. Voici quatre vers qu'Étienne Pasquier fit sur ce sujet :

> Uxores ego tres vario sum tempore nactus,
> Cum juvenis, tum vir, factus et inde senex :
> Propter *opus* prima est validis mihi juncta sub annis,
> Altera propter *opes*, tertia propter *opem*.

173. L'espace est relatif comme le tems : le premier est l'ordre des choses coexistantes ; le tems est un ordre de successions. *Vide* N°. 136.

174. Tous les voyageurs en Amérique s'accordent à dire qu'il existoit un usage assez ridicule dans le pays de Darien : lors-

qu'une femme étoit accouchée, le mari se
mettoit au lit, les voisins et les voisines
venoient le visiter et soigner, pendant que
la pauvre femme se levoit pour vaquer aux
affaires du ménage. Cela paroît peut-être
moins extraordinaire parmi les peuples
dont les usages étoient si différens des
nôtres. Mais on croira à peine que la même
coutume ait subsisté chez une nation civi-
lisée; et cependant Joseph Scaliger nous
apprend que, dans le Béarn, province mé-
ridionale de la France, lorsque la femme
est accouchée, elle va tirer la charrue, et
le mari se met au lit; il est vrai qu'il ajoute
que, de son tems, cela ne se faisoit plus.
— *Scaligerana*, edit. 1695, page 51. Bayle
(article *Tibaréniens*), parle de ce peuple,
des Corses et des anciens Espagnols, comme
ayant autrefois pratiqué le même usage; il
cite là-dessus Strabon, lib. 3, page 114:
voyez aussi Colomiez, Mélanges, p. 25; et
Diodore de Sicile, lib. V, ch. 14.

175. La démonstration la plus complète
de la mission divine de Jésus Christ est dans
la doctrine qu'il prêchoit, appuyée de ses
miracles. Cette doctrine ne renfermant rien

qui ne soit très-digne des idées que nous pou-
yons avoir des attributs de Dieu, et étant
très-propre à établir le bon ordre et la justice parmi les hommes, et les miracles de
Jésus-Christ venant à l'appui de cette doctrine, il paroît aussi certain que Jésus-Christ
avoit une mission divine pour l'établir, qu'il
est certain que Dieu ne peut avoir voulu jeter les hommes dans une erreur invincible
et nécessaire. En raisonnant ainsi, l'on ne
peut pas être accusé de tomber dans un
cercle vicieux, comme l'ont prétendu quelques critiques; car, dans ce cas, les miracles
ne sont point du tout prouvés par la doctrine; mais on maintient seulement que la
pureté et la sainteté de la doctrine sont une
condition nécessaire, pour que cette doctrine puisse être prouvée par les miracles,
en sorte que ce sont les miracles qui prouvent la doctrine, et non la doctrine qui
prouve les miracles. Mais afin que les miracles puissent prouver la doctrine, il faut
nécessairement supposer que cette doctrine
est, par sa nature, capable d'être prouvée
par les miracles. La doctrine n'est pas,
premièrement, supposée être vraie, et les
miracles prouvés par elle; mais il est requis

seulement qu'elle soit digne des idées que que nous avons de l'Être Suprême; et alors les miracles servent à prouver que cette doctrine vient de lui.

176. Voici la chaîne des propositions par lesquelles Clarke a si bien prouvé l'existence et les attributs de Dieu.

Quelque chose a existé de toute éternité.

De l'absolue impossibilité qu'il puisse y avoir eu une succession éternelle d'êtres dépendans, existans dans une cause primitive et indépendante, on conclut l'existence éternelle d'un Être *immuable* et *indépendant*.

Cet *Être immuable* et *indépendant* doit exister par lui-même, c'est-à-dire, *exister nécessairement* : puis donc que la raison ou le fondement de l'existence, plutôt que la non-existence de l'*Être*, qui ne tire son existence d'aucune autre chose hors de lui, doit nécessairement être en lui-même, et qu'il y auroit de la contradiction à supposer que sa propre volonté fût la raison de son existence comme cause efficiente, il faut que l'absolue nécessité, en tant que cause formelle ou positive, soit le fondement de cette existence. Cette nécessité, au reste, est antécédente à l'existence de l'Être lui-même, non quant au *tems*, mais *en ordre de nature*. Voyez le N°. 134.

Il est impossible que nous puissions comprendre la substance ou l'essence de l'*Être Suprême*.

Cependant plusieurs des attributs essentiels de sa nature se peuvent démontrer rigoureusement, comme :

1°. Qu'il doit nécessairement être *éternel*.

2°. Qu'il doit nécessairement être *infini* et *présent partout*.

3°. Qu'il faut nécessairement qu'il soit *un*.

4°. Que l'Être existant par lui-même, et la cause première de toute chose, doit être un *Être intelligent*.

5°. Que l'Être existant par lui-même, et la cause première de toutes choses, n'est

pas un agent nécessaire, mais agit avec
choix et *liberté*.

6º. Qu'il doit être *tout-puissant*.

7º. Qu'il doit être *infiniment sage*.

8º. Qu'il doit être infiniment *bon*, infiniment *juste*, infiniment *vrai*, etc., etc.
Voyez Nº. 134.

177. De même que Timée de Locres, Platon présente d'abord deux causes. Timée
avoit appelé l'une *intelligence*, et l'autre,
contrainte ou *nécessité*. Platon nomme la
première, l'Être toujours *le même* ou immuable ; et la seconde, l'Être toujours *autre*
ou changeant : c'est le nom qu'il donne aux
deux substances, Dieu et la matière ; en
sorte que quand Platon parle du *même* ou
de *l'autre*, il entend toujours parler de
Dieu ou de la *matière*. Voltaire fait donc
voir beaucoup d'ignorance ou de la mauvaise foi, quand il prétend tourner en ridicule ce que Platon dit du *même* et de
l'autre, sans expliquer préalablement ce
qu'il entendoit par ces expressions.

178. Melchisedech, selon toute apparence, a été le même que Sem, second fils de Noé. Il est introduit sous ce nom, qui signifie en hébreu, Roi de Justice, pour servir de type à Jésus-Christ. Voyez le Psaume 110, et l'Épitre aux Hébreux, ch. 7. Il étoit Roi de Salem, qui fut ensuite Jérusalem. Lorsqu'il est dit n'avoir eu ni père ni mère, ni commencement ni fin ; cela doit s'entendre relativement à sa dignité de Grand-Prêtre du Très-Haut, qu'il n'avoit point par succession, et qu'il n'a point transmise à d'autres ; d'où vient qu'il est nommé Grand-Prêtre pour toujours, savoir, dans le registre perpétuel et sacré des Écritures-Saintes.

Ce grand homme ne peut avoir été autre que Sem, que je dis avoir été second fils de Noé, quoiqu'il soit toujours nommé le premier : mais Moïse appelle positivement Japhet, l'*aîné*. — Voyez le ch. 10, v. 21 de la Genèse, dans le texte Hébreu et dans les Septante. Japhet, comme l'aîné, avoit droit à la primogéniture ; mais Dieu en disposa autrement, et, par la bouche de Noé, donna la première bénédiction à Sem, qui se véri-

fia ensuite dans ses deux parties, par l'ex-
pulsion des fils de Chanaan de leur héritage
par la postérité de Sem, père des Juifs; et
par l'accession des Gentils (descendus de
Japhet), à la religion de Christ. (Genèse,
ch. 9, v. 25 et 26). Le déluge est arrivé l'an
du monde 1656, et Sem a vécu 502 ans après
cette époque ; il a donc été pendant 166 ans
contemporain d'Abraham. Il devoit être regardé alors comme le Patriarche du monde :
ce ne pouvoit être qu'à un aussi respectable
et aussi éminent personnage, qui étoit établi successeur de Noé, qu'Abraham pouvoit se croire tenu à offrir le dixième des
dépouilles des Rois qu'il avoit vaincus ;
Héb. ch. 7. D'un autre côté, Melchisedec,
comprenant, par la protection que Dieu
venoit d'accorder à Abraham, qu'il devoit
hériter des mêmes faveurs dont avoient joui
ses ancêtres ; lui transmet la bénédiction
qu'il avoit reçue de Noé, dans le même sens
qu'il l'avoit eue.

Les trois Targums, ou paraphrases des
Juifs, s'accordent à dire que Salem est
Jérusalem ; celles de Ben-Uziel et de Jéru-
salem, disent aussi que Sem est Melchise-

dech, appelé ici par son titre de Roi de justice. S. Jérôme et quelques autres Pères de
l'Église ont été de la même opinion. Voyez
ce sujet traité à fond par Robert Fleming,
nouvelle édition, page 501.

179. Un Évêque d'Irlande, père d'une
Dame de qualité, ayant, en 1753, passé
quelques jours chez lord Darlingthon à la
campagne, et prenant congé de lui le soir,
lord Darlingthon lui dit qu'il devoit aller
le lendemain à une ville voisine, pour y recevoir quinze cents liv. sterling. L'Évêque
lui demanda s'il ne craignoit pas d'être volé ;
lord Darlingthon lui répondit qu'il n'avoit
aucune crainte à cet égard, étant toujours
muni d'un mousquet bien chargé ; là-dessus
ils se séparèrent, et l'Évêque partit à cheval
de grand matin. Quelques heures après,
lord Darlingthon, étant prêt à monter en
chaise, son domestique lui rapporte le
mousquet, l'avertissant que, quoiqu'il fût
sûr de l'avoir chargé la veille, il avoit été
fort surpris, en le visitant, de voir qu'il
avoit été déchargé, sans qu'il pût découvrir
qui pouvoit l'avoir fait. Après quelques recherches inutiles à ce sujet, le mousquet

fut chargé de nouveau. En revenant au château, lord Darlingthon est arrêté sur la route par un homme à cheval, le visage couvert d'un crêpe noir, qui, le pistolet à la main, lui demanda son argent; sur quoi lord Darlingthon, feignant de le chercher, prend son mousquet, et lui brûle la cervelle. Cela fait, il descend de la chaise avec son valet-de-chambre; mais quel fut son étonnement, en examinant le visage du voleur, de reconnoître en lui l'Évêque qu'il avoit logé, et dont il s'étoit séparé la veille! Il défendit à ses domestiques de faire jamais mention de ce fatal événement; et avertissant à la barrière prochaine, il laissa là le soin de le faire enterrer. Le domestique ou le postillon ne gardèrent apparemment pas le secret, car la chose fut bientôt divulguée; et tout ce que l'on put dire de plus favorable pour le défunt, fut, qu'il avoit peut-être voulu s'amuser en faisant peur à lord Darlingthon : mais, si tel étoit son dessein, il se trouva la victime de sa mauvaise plaisanterie.

180. Les mots *Axiome* et *Maxime* ne doivent pas être employés indifféremment

l'un pour l'autre, comme on le fait quelquefois. Le premier s'applique particulièrement aux sciences exactes, aux arts, et en métaphysique ; il signifie un principe général déjà établi, une vérité indubitable, généralement reconnue, une proposition ; dont la vérité se fait connoître d'elle-même, sans qu'il soit nécessaire de la démontrer. *Maxime* est une pensée sentencieuse, une vérité reconnue en morale, et exprimée avec une brièveté énergique.

181. Bussy disoit fort bien (Lettres, t. 5, p. 126) : « Le tems raccommode toutes choses ; on ne meurt malheureux que faute de vie. Le maréchal d'Estrées, qui est mort riche à cent ans, seroit mort ruiné s'il n'en eût vécu que quatre-vingts ».

182. Locke a donné la meilleure définition de l'*esprit*. Il consiste, dit-il, à distinguer en quoi les objets qui diffèrent se ressemblent ; et le *jugement*, en quoi les objets qui se ressemblent, diffèrent.

183. On ne connoît point en Angleterre l'usage de solliciter les Juges. Cependant, au préjudice de ce respect pour l'équité,

la belle duchesse d'Hamilton, trouvant lord
Northington à la Cour, le pria de vouloir
bien être présent à la Chambre des Pairs le
jour que l'on devoit juger définitivement le
procès de son fils contre l'héritier du duc
de Douglas. Lord Northington s'excusa de
ne pouvoir le faire, en disant qu'il n'avoit
point suivi cette cause, et n'avoit point entendu les plaidoyers de part et d'autre ; et
comme, malgré cette raison, elle continuoit à le presser, il lui dit, en la regardant
fixement : « Madame la Duchesse, vous
» êtes bien belle; je serois bien aise de pé-
» cher *avec* vous, mais je ne puis pas pé-
» cher *pour* vous ».

184. Pour les Juifs et les Chrétiens, la
preuve de la matérialité de l'âme des bêtes,
est dans le vingt-quatrième verset du premier chapitre de la Genèse : ויאמר אלהים
תוצא הארץ נפש חיה למינה. *Et dixit Deus,*
Producat terra animam viventem ad spe-
ciem suam, etc. « Que la terre produise
les âmes vivantes des bêtes selon leurs espèces ». Et de même au verset 20 du même
chapitre : *Producant aquae reptile animae*
viventis, et volatile super terram, sub fir-

mamento cœli, pour les poissons et les oiseaux. Voilà donc l'essence spécifique de la substance, qui anime les bêtes, expressément déterminée par la parole de Dieu, qui fait voir que ces âmes sont purement matérielles, comme produites de la terre, de l'air et des eaux.

185. On sait que monsieur Edgeworth, prêtre Irlandois, fut choisi par l'infortuné Louis XVI pour le confesser et l'exhorter à la mort. Ce digne Ecclésiastique vivoit alors à Paris avec sa mère et sa sœur. Voici une lettre que cette dernière écrivit à une amie, le 10 février 1793, sur ce funeste événement.

« De quel crime la France vient-elle de se rendre coupable? Qui auroit jamais cru qu'elle fût arrivée à cet excès ! Jour de douleur et d'affliction ! de ma vie je ne l'oublierai. Il fut doublement tel pour moi, par mes inquiétudes et mes alarmes mortelles pour celui qui m'est si cher. Le Roi, prévoyant quelle seroit sa fin, lui fit demander, quelque tems auparavant, s'il pourroit compter sur lui ; que, s'il ne s'en

sentoit pas la force, il lui indiquât au moins
quelqu'un. Vous jugez qu'il regarda cette
demande comme un ordre pour lui. Quoiqu'il ne m'en dît rien, j'en avois un pres-
sentiment qui me tourmentoit. Sentant tous
les dangers auxquels il alloit être exposé,
il mit ordre à ses affaires avec sa tranquil-
lité ordinaire; je ne l'ai su que depuis. Afin
de ménager notre sensibilité et la sienne,
il ne nous fit point ses adieux, pensant
qu'ils pourroient être les derniers; mais il
pria notre voisine de nous dire cette nouvelle assommante, lorsqu'il seroit parti.
Elle eut beau prendre des détours, je de-
vinai tout de suite la chose. Nous le ca-
châmes cependant à ma mère jusqu'au lendemain, lui faisant accroire qu'il étoit allé
passer la nuit auprès d'un malade. Le soir
du 20 janvier on vint le prendre chez lui,
et on le conduisit à un Comité, où il fut
présenté, toisé, questionné s'il vouloit entreprendre la redoutable fonction. De là
il fut conduit à la triste et sombre demeure
du plus innocent et du plus infortuné de
tous les hommes.

» Qui pourroit dire dans quelles angois-
ses j'étois, de le savoir renfermé par cent

verroux et entouré de milliers de tigres ? Il
y passa la nuit et entendit les derniers
adieux, ou plutôt les cris, les hurlemens
de douleur de cette famille inconsolable,
capables de fendre un cœur de rocher. Encore s'ils avoient pu se voir seuls ! mais
non, les gardes ne les perdoient pas de
vue. Le Roi rentra auprès de mon ami, lui
dit, « Qu'à la vérité ce moment-là étoit terrible; » et dans l'instant il reprit son courage et son calme imperturbable, causa sur
différentes choses, sur-tout de l'Église de
France ; demanda des nouvelles de plusieurs de ses dignes pasteurs, témoigna la
plus vive sensibilité de la générosité des
Anglois envers eux, et tout cela avec un
sang froid et une présence d'esprit qui
étonnèrent mon ami. Après quoi, il lui dit
qu'il falloit parler d'une affaire plus im-
portante pour lui. Mon ami pensa qu'il y
avoit quelques préparations à lui faire faire :
il n'étoit pas besoin de lui en parler, tout
étoit prêt. Le Testament sublime en est une
preuve : il s'y est glissé une faute dans
l'impression ; c'est le mot *discipline* au lieu
de *doctrine*, qui est dans l'original. Ensuite
le roi se coucha et dormit quelques heures.

Sachant que l'exécuteur devoit lui couper
les cheveux, et voulant l'éviter, il demanda
le matin un perruquier : on le lui refusa.
Mon ami lui proposa de demander la messe ;
il goûta cela avec plaisir, mais ne crut pas
pouvoir l'obtenir. Mon ami l'alla proposer
au Conseil, séant dans le même lieu ; ils en
furent étonnés, firent des difficultés, et
puis des réflexions sur les conséquences de
l'hostie. Mon ami leur aplanit toutes les
difficultés : « S'il faut un Prêtre, je le suis ;
s'il faut des ornemens, vous les trouverez
à la première Chapelle ; et quand à l'hostie,
ce sera vous qui la fournirez. » Enfin, ils
y consentirent, en lui disant d'écrire ce
qu'il lui falloit ; que pour eux, ils n'en sa-
voient rien. Il dit donc la messe, qui fut
servie par le fidèle Cléry, et communia le
Roi : après quoi il se retira avec mon ami,
dans un cabinet, dont les murs n'étoient
seulement pas couverts de papier. Quelqu'un
frappa à la porte ; « Voilà qu'on vient me
chercher, » dit-il d'un air tranquille : c'é-
toit pour lui dire quelque chose ; il rentra.
On frappe une seconde fois ; c'étoit pour
lui annoncer le fatal moment. Il regarda à
sa montre : « En effet, dit-il, c'est là

l'heure, » Il monta d'un pas ferme dans la voiture, avec mon ami et deux fusiliers ; il avoit un livre à la main, il dit ses prières tout le long du chemin. Arrivé auprès de l'échafaud, il dit : « Nous voilà arrivés ; » et recommanda qu'il n'arrivât rien à mon ami. Celui-ci lui donna la main pour monter. Le Roi marcha avec un air intrépide jusqu'à l'autre côté ; c'est de là qu'avec une voix de tonnerre il fit entendre cette terrible vérité : « Prêt à paroître devant Dieu, » je viens déclarer, pour la dernière fois, » que je suis innocent des crimes dont on » m'accuse ; je désire qu'on n'impute pas à » la Nation française celui qui va se com- » mettre ; il ne l'est que dans quelques- » uns : j'espère que Dieu le leur pardon- » nera, comme je le fais de tout mon cœur.» Il continuoit de parler, lorsque Santerre, craignant peut-être qu'il ne fît impression, ordonna aux tambours de battre ; alors le Roi se tut. On lui coupa les cheveux ; il défit lui-même son col. On voulut lui lier les mains, mais il s'y opposa : les bourreaux insistèrent, il y en avoit quatre ; et mon ami craignant quelque violence, lui dit : « Sire, c'est en- » core un sacrifice que vous avez à faire,

» pour avoir un nouveau trait de ressem-
» blance avec votre divin modèle.».Le Roi,
à l'instant se laissa lier comme un agneau...
Je ne peux achever ; c'est avec des larmes
de sang que je dis qu'il n'est plus : ce prodige de force, de patience, ce héros chrétien est allé recevoir la récompense de ses
vertus. Mon ami se tint toujours auprès de
lui. Il reçut ses derniers soupirs, et il n'est
pas mort de douleur, il ne s'est pas même
évanoui ; il eut même la force de se mettre
à genoux, et de ne quitter que lorsque ses
habits furent teints du sang de cette tête
sacrée que l'on promenoit sur l'échafaud
aux cris de vive la Nation ! etc. »

A cette lettre j'ajouterai celle que M. Edgeworth lui-même écrivit à un de ses amis
en Angleterre, un mois avant l'horrible
catastrophe du massacre de Louis XVI.

Paris, 21 December 1792.

« You are undoubtedly surprised, my
dear and honoured friend, that, whilst the
Clergy of France are flocking to England
for shelter and support, I should remain
here admist the ruins of this afflicted, per-
secuted Church. Indeed I have often wished

to fly to that land of true liberty and solid peace, and to share with others of your hospitable board, where, to be a stranger and in distress is a sufficient title. But Almighty God has baffled all my measures, and ties me down to this land of horror by chains which I am not at liberty to shake off. The case is, the *malheureux Maître* charges me not to quit the country, for that I am the person whom he intends to prepare him for death, if the iniquity of the Nation should commit that last act of cruelty and parricide. I prepare myself for death, for I am convinced that popular rage will not allow me to survive one hour after that tragic act; but I am resigned. My life is of no consequence : the preservation of it, or the shedding of my blood, is not connected with the happiness or misery of millions. Could my life save him, *qui positus est in ruinam et resurrectionem multorum*, I should willingly lay it down; and should not then die in vain : *fiat voluntas tua* ! Receive this unfeigned assurance, perhaps for the last time, of my respect and affection for you, which I hope even death shall not destroy. » No. 118.

186. Chrysippe, le premier, a dit que le cochon avoit un âme en guise de sel, pour l'empêcher de pourrir; et Cicéron (*de Nat. Deor. lib.* 2) a appliqué ce mot aux hommes stupides et sots; Philon Juif en a dit autant des poissons. Clément d'Alexandrie, Strom. lib. 7, pag. 304, attribue cette idée à Cleanthe, Διὸ καὶ Κλεάνθης φησὶν, ανθ' ἁλῶν αὐτὰς ἔχειν τὴν ψυχὴν, ἵνα μὴ σαπῇ τα κρέα. *Animam eis pro sale datam, ne putrescant.* L'âme leur tient lieu de sel. Voyez encore le même Clément d'Alexandrie, Strom. lib. 2, p. 174; et Plutarque, Sympos. lib. v, quæst. 10. — Pline, Hist. Natur. lib. vIII, cap. 51. *Philo Judaeus, de opificio mundi, p.* 10.

187. Rien de plus étonnant en mécanique, que la manière dont les obélisques d'Egypte ont été tirés des carrières et transportés à Rome. Pline, lib. 36, cap. 9, nous en a transmis quelques particularités. Quand le grand obélisque fut taillé, afin de l'enlever de la carrière, on creusa en-dessous un fossé assez profond et presque aussi large que toute la longueur de l'obélisque, en sorte qu'il posoit par les deux bouts sur chaque côté du fossé. Depuis ce fossé jusqu'au

Nil, on creusa ensuite un canal, où l'on fit couler les eaux de ce fleuve ; on chargea ensuite deux grands bateaux de pierres, au point de les faire baisser à fleur d'eau, et on les conduisit sous l'obélisque. Alors on déchargea peu-à-peu les bateaux, lesquels, à mesure que leur charge diminuoit, s'élevoient sur l'eau, et soulevoient l'obélisque, qui fut ainsi transporté à Alexandrie, et de là au port d'*Ostia*. On voyoit encore du tems de Pline à *Ostia*, un des vaisseaux sur lesquels Auguste avoit fait amener à Rome par le Tibre, le grand obélisque de la place de St. Pierre. Claude César en coula un autre à fond, à l'embouchure du Tibre, pour fermer une partie du port, et le rendre plus sûr.

188. Quand le livre intitulé *les Liaisons dangereuses* parut en Angleterre, il fut lu avec avidité. On croyoit y trouver les mœurs de ce qui s'appeloit alors la bonne compagnie à Paris. Malheureusement on n'y voit pas un seul caractère intéressant par sa vertu, et le Héros et l'Héroïne du roman sont des monstres abominables. Un jour après dîner, chez le prince de G**, un des

convives s'avisa de dire que l'on ne trou-
veroit pas en Angleterre un caractère tel
que celui de la marquise de Merteuil, qui
joue le principal rôle de femme dans cet
ouvrage; un autre dit qu'il connoissoit bien
une Dame de qualité qui lui ressembloit,
mais qu'il ne vouloit pas la nommer; un
second, un troisième, dirent la même chose;
le Prince ajouta que lui aussi en connoissoit une, et proposa que chacun écrivît
celle à laquelle il pensoit : on le fit, et lorsque l'on vint à comparer les billets, il arriva
que tous avoient nommé la même personne.

189. Loin d'admettre que les Juifs ne
croyoient point à l'immortalité de l'âme et
à la résurrection, on peut prouver très-
bien qu'ils ont toujours eu une croyance
saine sur ces deux points importans, qui
sont le fondement de toute religion.

Environ 300 ans avant Jésus-Christ, un
certain Antigone commença à enseigner
que l'on ne devoit point servir Dieu par
l'appas des récompenses, mais seulement
par crainte et par amour. Deux de ses disciples, Sadoc et Baithus, inférèrent de là

qu'il n'y avoit ni peines , ni récompenses
après cette vie, et par conséquent ni résurrection , ni état à venir ; Sadoc eut beaucoup de disciples , et forma ainsi la secte
des Saducéens. Cette secte, la moins nom-
breuse de celles qui divisoient les Juifs ,
devint cependant considérable , parce que
plusieurs familles riches , et des personnages d'un rang distingué, y étoient attachés.
Jean Hyrcan , Grand-Prêtre , étoit Saducéen ; Alexandre Jannée , son fils , favorisa
cette secte ; Caïphe , qui condamna Jésus-
Christ, étoit Saducéen, ainsi qu'Ananus ,
qui mit à mort St. Jacques ; mais c'étoit
néanmoins une nouvelle secte et peu nom-
breuse , ayant du crédit, à cause du rang
et des richesses de ceux qui la soutenoient.

En réfléchissant sur tous les passages de
la loi et des Prophètes , qui ont du rapport
à l'immortalité de l'âme et à la résurrection,
on est convaincu que les Juifs admettoient
cette doctrine. A commencer par le passage
de l'Exode , ch. 3 , v. 6 , où Dieu dit à
Moïse : Je suis le Dieu d'Abraham, le Dieu
d'Isaac, le Dieu de Jacob ; on ne peut pas
douter du sens dans lequel il doit s'en-

tendre, après que Jésus-Christ l'a précisément déterminé (1). Les Saducéens voulant l'embarrasser, l'interrogent pour savoir auquel des sept frères qu'une femme avoit eus pour maris, elle appartiendroit après la résurrection? Il leur répond : N'avez-vous pas lu ces paroles, que Dieu vous a dites : « Je suis le Dieu d'Abraham, le Dieu d'Isaac, le Dieu de Jacob? » Or, Dieu n'est point le Dieu des morts, mais des vivans. Ils ne répliquèrent rien à cela ; et les Pharisiens, qui croyoient à la résurrection, se réjouirent de la manière dont Jésus-Christ avoit fermé la bouche à leurs adversaires. En effet, ces paroles ainsi expliquées, signifioient dans tous les tems que les âmes de ces saints Patriarches vivoient quoique séparées de leurs corps, espérant une nouvelle vie dans la réunion de l'âme et du corps à la résurrection.

Les Juifs recevoient le livre de Job comme un livre canonique, et il étoit lu dans leurs synagogues, avec le même respect que les

_____

(1) Math. 22, v. 32.—Marc 12, v. 26. — Luc 20, v. 37.— St. Paul *ad Hebr.* ch. 11, v. 13, *seq.*

autres livres de la Bible. Ils entendoient souvent ce passage remarquable du 9e. chapitre, où ce saint homme s'écrie au verset 25, 26 et 27 : « Je sais que mon Rédemp-
» teur est vivant, et que je ressusciterai de
» la terre au dernier jour ; que je serai en-
» core revêtu de cette peau ; que je verrai
» mon Dieu *dans ma chair;* que je le ver-
» rai, dis-je, moi-même, et que je le con-
» templerai de mes propres yeux. » Peut-il être rien de plus clair que ces expressions ? Les traducteurs des Septante, le traducteur de la Version arabique, et celui de la Vulgate, ajoutent à la fin du livre de Job : « Il est écrit que Job doit vivre avec ceux que Dieu ressuscitera. » Ils croyoient donc à la résurrection.

Dans le chapitre troisième de la Genèse, il est dit que « Dieu fit l'homme à son
» image, et qu'il souffla en lui l'esprit de
» vie, qui est l'âme. » Peut-on hésiter à croire que ce ne fût qu'une substance immortelle ? Autrement, comment faudra-t-il entendre que l'homme ait été formé à son image ?

Les fréquentes injonctions, faites aux

Juifs par Moïse et les Prophètes, de se bien garder d'évoquer les morts, de consulter les âmes des morts, prouve encore que cette doctrine d'une autre vie étoit établie parmi eux. Sans rapporter ici les injonctions de Moïse, écoutons celle d'Isaïe, ch. 8, v. 19: « Et lorsqu'ils vous diront : Consultez les » magiciens et les devins ; répondez-leur : » Chaque peuple ne consulte-t-il pas son » Dieu ? Va-t-on parler aux morts de ce qui » regarde les vivans ? » Témoin encore la Devineresse d'Endor, I. Rois, ch. 28, v. 11 et suiv., consultée par Saül. Si Saül n'eût pas été persuadé que l'âme de Samuel vivoit, eût-il pressé la Devineresse de l'évoquer ? Cette superstition, tellement enracinée dans l'esprit des Juifs, que, malgré les défenses de Moïse, Isaïe étoit obligé de les renouveler, ne prouve-t-elle pas qu'ils ont toujours cru à l'existence de l'âme après la séparation du corps ?

Les Psaumes de David sont remplis d'expressions faisant allusion à l'immortalité de l'âme et à la résurrection. Quelques-unes sont aussi clairement énoncées que dans le passage de Job allégué ci-dessus. Au

Psaume 16, v. 9, 10, 11, le Psalmiste dit :
« Tu ne laisseras point mon âme dans l'en-
» fer, et tu ne souffriras point que ton
» Saint soit sujet à la corruption ; tu m'as
» fait connoître le chemin de la vie, tu me
» rempliras de joie devant ta face, je goû-
» terai à ta droite des délices sans fin ; » et
dans le Psaume 49, v. 16 et 17 : « Tout
» l'appui sur lequel les méchans se con-
» fioient, sera détruit dans l'enfer, après le
» tems de leur gloire ; mais Dieu rachetera
» et délivrera mon âme de la puissance de
» l'enfer, lorsqu'il m'aura pris en sa pro-
» tection. » St. Pierre (1) applique ce passage à la résurrection de Jésus-Christ, mais
il se rapporte aussi à la résurrection générale.

L'Ecclésiaste n'est pas moins positif, au
ch. 11, v. 9. « Sachez, dit-il, que Dieu
» vous fera rendre compte en son jugement
» de toutes ces choses ; » et au ch. 12, v.
14 : « Dieu fera rendre compte, en son ju-
» gement, de toutes les fautes et de tout le
» bien et le mal que l'on aura fait. »

_____

(1) Act. 2, v. 27.

Daniel , ch. 12 , v. 2 , dit clairement :
« Et la multitude de ceux qui dorment dans
« la poussière de la terre , se réveilleront ;
» les uns, pour la vie éternelle ; et les autres
» pour un opprobre éternel, qu'ils auront
» toujours devant les yeux. » Voyez aussi
Isaïe , ch. 26 , v. 19 ; et Osée , ch. 13 ,
v. 14.

La vision du Prophète Ezéchiel , au 37ᵉ.
chapitre , présente un tableau frappant de
la résurrection ; mais , comme on applique
aussi cette vision à la restauration des Juifs
à la cité sainte , et que j'ai déjà assez allégué
de passages pour établir la thèse en question , je me dispense de la rapporter en
preuve sur ce sujet.

Je conclus par inviter le lecteur à par-
courir le 11ᵉ. chapitre de l'Epître de St. Paul
aux Hébreux ; on y verra que cet Apôtre
maintient que les Patriarches se regardoient
comme passagers ici-bas, et qu'ils aspiroient
à la félicité d'une autre vie (1). Certainement St. Paul , si savant dans la doctrine

---

(1) St. Paul aux Hébreux, ch. 11 , v. 13 , 14, 15, 16 et suiv.

des Juifs, doit être regardé comme le meilleur juge de ce qu'ils croyoient ou non; et il est étonnant que l'on veuille lui opposer le sentiment de quelques Rabbins ignorans. Voyez aussi les Actes des Apôtres (1), ch. 23, v. 6 et suivans.

190. M. Stewart Mackenzie m'a raconté que, lorsqu'il étoit à Paris, en 1743, il y avoit alors à St.-Germain un abbé Irlandois, qui se rappeloit très-bien avoir été présent, lorsque Charles I, roi d'Angleterre, fut décapité le 30 janvier 1649 (il y a aujourd'hui, le jour que j'écris, cent cinquante ans). Cet Abbé avoit alors, en 1739, cent quatre ans; il avoit donc, ce jour mémorable, quatorze ans; aussi avoit-il été si vivement frappé de toutes les circonstances de cette tragique journée, qu'il n'en avoit

---

(1) Et St. Paul, sachant que le Conseil étoit composé en partie de Saducéens et de Pharisiens, s'écria : Hommes frères, je suis Pharisien, fils de Pharisien; c'est à cause de l'espérance que j'ai de la résurrection des morts que je suis appelé en jugement. A ces mots, la division se mit entre les Saducéens et les Pharisiens, et l'assemblée fut partagée; car les Saducéens disent qu'il n'y a ni résurrection, ni anges, ni esprits, au lieu que les Pharisiens reconnoissoient l'un et l'autre.

oublié aucunes circonstances, et les décrivoit avec beaucoup d'intérêt. Le roi Louis XV, en ayant entendu parler, fut curieux de le voir, et l'envoya chercher. Il ne voulut se servir d'aucune voiture; et quoique Versailles soit à 12 milles de St.-Germain, il y fut à pied, vit le Roi, et revint à son gîte le même jour.

191. La politique s'acquiert moins par l'étude que par l'observation des personnes et des circonstances.

192. Tous les Grands ne sont pas grands Seigneurs, mais tous ont les mêmes défauts, à quelques exceptions près; celui de croire que tout leur est dû, n'est pas le moins général et le moins dominant. De là cette ingratitude dont ils paient ordinairement les services qu'ils reçoivent. Le sentiment de leur importance, profondément inhérent en eux, les porte à croire qu'ils font beaucoup d'honneur à leurs inférieurs, en les admettant à leur familiarité, même quand ils ont besoin d'eux, et cette distinction leur semble plus que suffisante. Un homme a-t-il des talens qui leur soient utiles, ils cher-

chent à se l'attacher par un salaire , ou en
lui procurant quelque emploi lucratif; mais
ce dernier moyen n'est adopté que lorsqu'ils
ne peuvent faire autrement , de crainte de
le rendre indépendant. Encore une fois ,
excepté un très-petit nombre , c'est la règle
générale parmi les Grands. J'en ai produit
quelques exemples dans le cours de mes
Mémoires ; je n'ai cependant pas tout dit ;
j'ai voulu épargner ceux mêmes dont j'avois
à me plaindre. Mais, si par modération j'ai
usé d'indulgence pour les individus , je ne
vois pas pourquoi je ne présenterois pas
dans son vrai jour une classe d'hommes aussi
considérable dans la société , à laquelle ,
malgré tous les inconvéniens, ceux qui sont
dépourvus des biens de la fortune , sont
obligés de dévouer leurs talens. Ces réflexions peuvent servir aux uns , en ins-
truisant les autres ; et les traits que je puis
citer , sans nommer les personnages, met-
tront sur leur garde ceux qui manquent
d'expérience , et feront rougir en eux-
mêmes ceux qui se reconnoîtront dans les
tableaux que je vais tracer.

Il en est un , avec qui je passois une bonne
partie de mon tems. Il m'aimoit et préfé-

roit ma compagnie à celle de tout autre.
J'eus en trois occasions le bonheur de lui
rendre des services assez considérables, dont
le prix ne pouvoit s'évaluer en argent ; il
m'en offrit cependant, quoiqu'avec modération, mais je le refusai constamment. Son
crédit à la Cour et auprès des Ministres lui
eussent facilité les moyens de reconnoître
les obligations qu'il m'avoit d'une manière
plus délicate, plus digne de lui et plus efficace pour moi ; mais il avoit ses raisons
pour n'en rien faire. Quel fut mon étonnement un jour, lorsqu'il me dit en grande
confidence : M. D**, vous savez que je
n'aime pas un tel (c'étoit un homme qui
vivoit depuis plusieurs années dans sa famille) ; hé bien, j'ai obtenu pour lui un
bon emploi, afin de m'en défaire honnête-
ment. Eh ! qu'en dites-vous ? On sent aisément que je ne lui dis pas tout ce que je
pensois d'une confidence aussi extraordinaire.

Le fils de ce même grand Seigneur me
dit un soir tout naïvement : « Je n'approuve
pas trop la maxime de mon père ; il me disoit ce matin : Mon fils, servez ceux que

vous voulez éloigner de vous ; quant à ceux
qui vous sont utiles et agréables, faites-
leur du bien modérément pour les tenir
dans la dépendance ; car si vous les mettez
en état de se passer de vous, ils vous quit-
tent, et vous les perdez.

Un autre, chargé d'affaires importantes,
obtint du Gouvernement la permission de
rester oisif, et de me nommer son député.
Pendant dix-huit mois que dura cette commission, je ne reçus aucun appointement,
quoique les siens fussent considérables.
Quand j'eus rempli l'objet en question, le
Secrétaire d'Etat, dans le département du-
quel j'avois travaillé, me dit : Nous sommes
contens de vous, il faut que vous le soyez
de nous ; demandez une gratification, j'en
parlerai au Roi. Je répondis, que je ne
demanderois que mes déboursés, et je parlai
de 500 liv. sterling : — Ce n'est pas assez,
dit le Ministre, demandez-en mille, et
revenez dans trois jours. Très-satisfait de
cette réception, je la communiquai à mon
principal. Que fit-il ? Il réfléchit que si l'on
me donnoit cette somme, le Roi pourroit
remarquer qu'il eût été mieux de l'épargner

en omettant le député. Il court chez le Ministre, l'assura que 5oo liv. sterling étoit assez pour moi, que j'étois fort modéré, et que je m'en contenterois. En effet, lorsque je retournai au bureau, le premier commis me dit : Je suis bien fâché de ce qui est arrivé ; mais Lord ** est venu ici jeter du froid sur la bonne intention du Ministre pour vous, en sorte que vous n'aurez que les 5oo liv. sterling que vous aviez demandées d'abord. Je sentis vivement la perfidie de ce procédé ; cependant, je n'ai jamais donné à connoître à Lord ** que j'eusse été instruit de son indigne démarche.

Quoique dans une sphère plus circonscrite, je me suis trouvé une fois dans le cas de rendre un service essentiel et agréable à l'un des premiers Seigneurs du Royaume. Cinq ou six ans après il devint premier Ministre, je passai plusieurs fois à sa porte, je me fis écrire ; je repassai, point de nouvelles. Quand il cessa d'être à la tête des affaires, il alloit souvent à pied dans les rues et chez les libraires ; je le rencontrois quelquefois, et je dois lui rendre la justice de dire *qu'il me faisoit l'honneur de m'ôter son chapeau;* il m'arrêtoit pour me demander comment je me portois, et *ne manquoit pas d'être ravi,* quand je lui disois que je me portois bien. Environ quinze ans s'écoulèrent ainsi : il eut encore besoin de moi, et me fit prier de dîner chez lui ; mais la chose qu'il désiroit étant faite, nous en revînmes aux coups de chapeau, et aux complimens dans les rues. Je ne dis point de quelle nature étoit le service que je lui rendis, pour ne pas le donner à connoître.

Je pourrois citer d'autres traits aussi frappans que ceux dont je viens de faire mention ; mais je ne veux pas m'arrêter plus long-tems sur un sujet aussi désagréable. Ajoutez à ces traits ceux que j'ai rapportés dans le cours de mes Mémoires. Rappelez-vous ensuite ce que j'ai dit de la conduite de M. de Mackenzie à mon égard, de sa franchise, de la noblesse de ses sentimens, et vous aurez en lui la seule exception que je puisse faire à la règle générale que j'ai voulu établir.

193. Juvenal a fort bien dit : .... *Plurima sunt quae non audent homines pertusâ dicere laenâ.*

J'en ai fait souvent l'épreuve. Combien de fois n'ai-je pas vu, dans un cercle d'hommes d'un rang supérieur, un pauvre diable hué, bafoué pour des observations très-bien accueillies quand elles venoient d'une source plus élevée ! Il m'est arrivé d'avoir été contredit, raillé même, pour avoir avancé une proposition, que j'ai entendu louer ensuite dans la bouche d'un Grand. Bien plus, après avoir été quelquefois relevé brusquement pour avoir donné une opinion, qualifiée alors de ridicule, j'ai été étonné de voir peu de tems après mon critique, qui n'avoit pas sans doute bonne mémoire, se parer devant moi de cette même opinion, et la défendre avec chaleur. Je résolus un jour de m'assurer si je ne me trompois point à cet égard. La révolution françoise, ses causes et ses effets, étoient souvent mis sur le tapis dans une société du grand monde, où je vivois beaucoup. J'avois beau dire sur ce sujet, rien n'étoit approuvé ; toutes mes idées étoient combattues, souvent avec dédain. J'imprimai, dans le plus grand secret, un petit ouvrage que j'intitulai, *Nouveaux Intérêts de l'Europe depuis la Révolution Françoise*, dans lequel j'avois rassemblé ces mêmes idées. Je me le fis envoyer par mon libraire, comme une nouveauté, en présence de mes deux antagonistes les plus décidés dans la conversation. Ils le lurent : l'un dit, qu'il trouvoit cette brochure parfaite, admirable, qu'il n'avoit rien lu sur ce sujet qui l'eût plus éclairé ; qu'il étoit étonné que l'auteur pût être si bien informé ; l'autre qui étoit un Ministre étranger très-respecté, en dit autant ; et tous deux conclurent par désirer vivement de connoître l'auteur. Après les avoir tenus quelque tems en suspens, je me nommai. Rien ne peut égaler leur surprise ; ils se regardèrent l'un et l'autre, et confirmèrent assez foiblement leur approbation de l'ouvrage, sans pour cela avoir jamais témoigné depuis plus d'égard pour mes opinions.

194. Il est une expression fort originale du docteur Johnson, que je ne puis traduire en françois d'une manière qui me satisfasse, et qui rende bien son idée. Vers les dernières années de sa vie, la mort lui ayant enlevé plusieurs amis, il faisoit de nouvelles connoissances, *to keep friendship in repair,* disoit-il. Ce que l'on pourroit offrir de mieux

pour le traduire , seroit, *pour réparer les ruines de l'amitié;* mais il n'y a ici ni le sel, ni la précision de l'expression du docteur Johnson.

195. Boileau Despréaux se trouvant mal servi à table , chez un homme qui , pour trancher du grand Seigneur, avoit un page, mais peu de laquais, lui dit : Monsieur, *donnez-nous la monnoie de votre page.* En suivant cette idée, je dirois volontiers que plusieurs bonnes connoissances font la monnoie d'un ami ; j'ai même observé que , le plus souvent, il vaut mieux avoir la monnoie que la grosse pièce. Si l'on considère l'utilité que l'on peut retirer d'un ami, elle ne doit point se comparer à celle que l'on peut éprouver de la part d'un certain nombre de bonnes connoissances ; car, supposant la meilleure volonté dans un ami, il arrive souvent que, dans un cas urgent, ses moyens de vous servir seront bornés , au lieu, que plusieurs bonnes connoissances réunies peuvent faire ce qu'un seul ami ne pourroit. Quant à l'agrément dans la société, on conviendra qu'il est plus ordinaire de le trouver dans un cercle de connoissances

bien choisies que dans le tête-à-tête d'un
ami, qui, à la longue, ennuie et est ennuyé.
De plus, l'amitié, strictement telle, exige
un entier dévouement de part et d'autre; au
lieu que les simples connoissances exigent
moins, et se peuvent cultiver, en alliant
la convenance avec l'agrément selon que
le cœur ou l'esprit vous en disent pour le
moment. J'en appelle à celui même qui seroit d'abord disposé à m'accuser d'avancer
un paradoxe; qu'il déclare sincèrement s'il
a un véritable ami, dans le sens que l'on
doit l'entendre, et si celui à qui il prodigue
ce beau nom, n'est pas plutôt une bonne
connoissance qu'il cultive plus ou moins
selon son intérêt ou son plaisir, et qu'il
négligera, tôt ou tard, selon sa fantaisie.
La preuve en est dans l'abus même de cette
appellation que l'on donne à vingt ou trente
à la fois, quoique cela soit absolument contraire à l'idée et à la définition de l'amitié;
et cet abus est plus remarquable en Angleterre, où le mot d'ami (*friend*) est souvent
donné à ceux que l'on traiteroit à peine ailleurs de simples connoissances. J'en reviens
à mon assertion; vingt bonnes connoissances font la monnoie d'un ami, fût-il *sterling;*

je préfère la monnoie à la grosse pièce, si tant est qu'elle existe, et que ce ne soit pas comme la *livre sterling*, qui est idéale, et n'est point en circulation.

196. Il n'est guère possible d'avoir des détails plus authentiques sur ce qui regarde le prince Alexis, que ceux qui m'ont été donnés par un Seigneur Russe, très-lié avec le maréchal Romanzow, fils du Général employé pour faire arrêter ce malheureux Prince.

Le Seigneur Russe, dont je parle, m'a raconté, qu'étant allé à *Schoenborn*, faire visite au Comte de ce nom, il le conduisit à un petit château, qu'il avoit près de sa terre, où il lui fit voir l'appartement dans lequel le prince Alexis avoit vécu long-tems caché, après s'être éloigné de la Cour de son père, Pierre Ier.

Ce même Seigneur m'ajouta, qu'il tenoit du maréchal Romanzow, que le czar Pierre, ayant résolu de faire revenir le Prince son fils en Russie, et sachant qu'il s'étoit retiré dans quelque partie des États de l'empereur Charles VI, avoit écrit à ce Prince (en 1717), pour le prier de permettre que le général Romanzow pût voir son fils, quelque part où il fût, afin de le persuader de revenir à sa Cour; promettant de ne pas insister sur son retour, s'il refusoit de venir.

L'Empereur, qui s'étoit bien attendu à cette demande, avoit déjà conseillé au prince Alexis de se retirer à Naples, et l'avoit fort recommandé au Vice-Roi de ce Royaume, alors sous sa domination. Ainsi, lorsque le général Romanzow vint à s'acquitter de sa commission, il reçut pour réponse que le prince Alexis n'étoit pas dans les États de la maison d'Autriche. Il sollicita alors un ordre de l'Empereur, à tous les Gouverneurs de ses États en Italie, pour donner à ce Général la permission de voir le prince Alexis, s'il se trouvoit dans les places de leur commandement. Avec cet ordre, il parcourut le Milanois, toute la Lombardie, mais en vain : il fut à Naples, et n'eut d'autre réponse, sinon que l'on ne savoit où étoit le Prince.

Un jour que le général Romanzow s'entretenoit en langue russe avec des personnes

de sa suite devant un barbier qu'il avoit fait
venir, le barbier témoigna quelque étonnement dont le Général lui demanda la raison.
Il répondit qu'il ne comprenoit pas un mot
de la langue qu'ils parloient, mais que ce
qui l'avoit surpris étoit qu'elle lui sembloit
la même que celle d'un grand Seigneur
étranger qu'il alloit souvent raser au *Castel
del Uovo.* Le Général, frappé de ce qu'il
entendoit, continua à l'interroger, et lui
ayant fait quelques présens, apprit du barbier, qu'un jeune Seigneur, dont il lui dé-
crivit la personne, étoit servi avec beaucoup
de respect par plusieurs hommes de sa suite,
et menoit une vie très-retirée et cachée au
Castel del Uovo ; et cet homme donna de
tels renseignemens sur tout ce qui regardoit
le prince Alexis, que le Général n'eut pas
le moindre doute que ce ne fût lui. Il fut
aussitôt chez le Vice-Roi, et lui ayant fait
voir de nouveau l'ordre de l'Empereur, et
l'ayant assuré qu'il étoit convaincu que le
prince Alexis étoit au *Castel del Uovo,* il
obtint la permission de le voir, aux conditions spécifiées dans la lettre de Pierre Ier.
à l'Empereur. Il vit donc ce malheureux
Prince, qui d'abord refusa de retourner à

Pétersbourg. Le général Romanzow gagna à force de présens une femme qui vivoit avec le Prince, et qui avoit beaucoup d'influence sur lui ; et par ce moyen on parvint à persuader au Prince de retourner à Pétersbourg, où l'on sait quelle fut sa destinée.

197. La famille des *Jocelyns,* est des plus anciennes qu'il y ait en Angleterre ; un de leurs ancêtres y vint de Normandie avec Guillaume - le - Conquérant ; et ils s'y sont toujours distingués : ils sont Comtes de Roden en Irlande. Je n'en parle ici que pour faire mention d'une particularité fort remarquable, c'est que depuis plus de 500 ans ils possèdent en *Hertfordshire* la Seigneurie de *Hyde-Hall ;* ils ont toujours eu de père en fils les mêmes fermiers, qu'ils traitoient si bien, que plusieurs fois ces fermiers, d'un commun accord, les ont invités à augmenter le taux de leurs fermes. Le présent lord Roden (en 1802) m'a dit lui-même que cela étoit arrivé une fois à son père, et, qu'au moment où il parloit, ses fermiers venoient de lui faire la même offre.

198. Georges III, Roi d'Angleterre, le meilleur des Rois et le plus populaire, a

manqué trois fois d'être assassiné. Une fois
par une femme dont l'esprit étoit dérangé.
Le Roi, qui s'aperçut que cette femme étoit
folle, fut le premier à recommander qu'on
ne lui fît aucun mal, et qu'on eût soin
d'elle. L'autre, pendant qu'il alloit au Parlement en grand cortége, une balle, que
l'on conjectura venir d'un fusil à vent, passa
à travers son carrosse à un doigt de son visage ; lord Westmoreland et lord Onslow,
qui étoient dans le carrosse avec Sa Majesté,
paroissant fort agités, il leur recommanda
d'être tranquilles ; et comme on lui proposoit, au retour, d'aller dans un autre carrosse, et de prendre un autre chemin, il
n'en voulut rien faire, disant, que cette
même Providence qui l'avoit protégé en allant, le protégeroit bien en revenant. La
troisième fois fut au spectacle. Au moment
que le Roi, en entrant aux acclamations de
l'assemblée, lui en témoignoit sa sensibilité
en saluant, un coup de pistolet, tiré du
parterre, se fit entendre, et la balle, passant à côté du Roi, fut percer le plafond de
la loge. Tous furent alarmés, excepté le
Roi ; et le soir, en se couchant, il dit à la
Reine : « Je me sens fatigué, et je crois

que je dormirai bien. Plaise à Dieu, que celui qui m'a tiré le coup de pistolet, puisse dormir d'un aussi bon sommeil que moi ?»

199. Je voyois souvent le comte de Viry, Ambassadeur du roi de Sardaigne, qui avoit épousé une Dame Angloise d'un grand mérite et d'un esprit rare : il étoit fils de celui qui avoit été Secrétaire d'État à Turin ; il possédoit toute la confiance du Roi son maître, et jouissoit de la considération et des distinctions les plus flatteuses à la Cour de France, où il étoit Ambassadeur, quand tout-à-coup il fut rappelé d'une manière disgracieuse, au grand étonnement de tout le monde. Sa chute occupa quelque tems les politiques, et donna lieu à beaucoup de conjectures. Comme j'ai été dans le cas d'approfondir cette affaire, et d'être instruit de toutes les circonstances, je vais dire ce que j'en sais.

Le marquis d'Aigue-Blanche étoit alors Secrétaire d'État pour les affaires étrangères à la Cour de Turin ; c'étoit un homme incapable de bien remplir une telle place, fort au-dessus de son talent et de son génie. Le marquis de Rosignan, qui étoit de ses

amis, le défendoit ainsi : On se trompe sur
le compte du marquis de d'Aigue-Blanche,
en voici la raison : Il a de l'esprit comme
six, et veut paroître en avoir comme dix;
mais, comme on ne trouve point en lui les
dix qu'il veut montrer, on ne lui tient point
compte des six qu'il a. Quoi qu'il en fût, le
marquis d'Aigue-Blanche se trouvant élevé
à ce poste par la faveur du Roi, prit pour
son premier commis un certain d'Wuy,
homme rusé, adroit, qui, s'étant lié avec
le comte de Viry, lui écrivoit toutes les semaines, et l'informoit secrètement de toutes
les mesures du Gouvernement, dont il re-
levoit les bévues sans aucun ménagement.
Le comte de Viry fut assez imprudent pour
répondre à d'Wuy sur le même ton de cen-
sure des fautes du Roi et de son Ministre,
en prenant la précaution cependant de recommander à d'Wuy de brûler ses lettres;
celui-ci lui disoit qu'il les avoit brûlées,
mais il n'en faisoit rien. On a supposé qu'ils
avoient eu dessein, tous les deux, de perdre
le marquis d'Aigue-Blanche, et que d'Wuy,
en particulier, prévoyant que le comte de
Viry lui succéderoit, gardoit ses lettres pour
le gouverner ensuite, par la crainte qu'il

n'en fît usage contre lui, la personne du Roi et sa capacité y étant traitées avec le dernier mépris. Tous les amis du marquis d'Aigue-Blanche qui connoissoient le caractère d'Wuy, lui conseilloient d'être sur ses gardes, et l'avertirent de quelques exactions dont il s'étoit rendu coupable; en sorte qu'après avoir pris l'avis du Roi, d'Wuy fut arrêté, et ses papiers saisis et apportés au Marquis, qui les porta sur-le-champ au Roi. Je laisse à penser quelle fut la confusion du Roi et de son Ministre, quand ils se virent traités si cavalièrement dans cette correspondance. Le comte de Viry fut aussitôt rappelé, sans pouvoir se douter du sujet. Il apprit en même tems que d'Wuy étoit arrêté; mais, dans la persuasion où il étoit que ses lettres étoient brûlées, il demanda la permission de venir à Turin se justifier. Le Roi envoya au-devant de lui son Secrétaire du Cabinet, qu'il rencontra à Suze. Là, ayant trouvé l'ordre d'aller chez le Gouverneur, il s'y rendit; le Gouverneur et le Secrétaire lui dirent, de la part du Roi, qu'il étoit le maître de continuer sa route pour aller rendre compte de sa conduite, mais que ce seroit devant un tribunal dont le jugement seroit exécuté à la rigueur. Il persista à soutenir qu'il ne se sentoit nullement coupable, et qu'il se proposoit de se rendre à Turin. Alors on lui produisit toutes ses lettres à d'Wuy; et le Secrétaire du Cabinet lui déclara, que s'il vouloit être justifié et jugé, le Roi étoit résolu de laisser le cours libre à la Justice; mais que, s'il se reconnoissoit coupable, Sa Majesté, voulant bien user de clémence envers lui, lui permettoit de se retirer dans son château à Viry. Le Comte alarmé n'osa pas courir le risque d'être trouvé criminel de lèze-majesté; il réclama la clémence du Roi, rebroussa chemin, et commença à bâtir à Viry pour rendre le lieu de son exil plus supportable. Quelques mois après, je passai à Chambéry avec M. de Mackenzie, qui alloit à Naples; et madame de Viry vint l'y trouver, espérant qu'à son passage à Turin il pouvoit rendre service à son mari; mais il trouva que cela étoit inutile, et n'osa pas trop s'en mêler. Les lettres du comte de Viry avoient ouvert les yeux au Roi sur l'incapacité du marquis d'Aigue-Blanche; cependant, voulant le ménager, il lui envoya le cardinal des Lances, pour l'engager à demander sa démission. Le Marquis se fit tirer un peu l'oreille ; mais, obligé de céder, il se soumit, et se retira. Le comte de Perron fut mis à sa place, rétablit l'ordre, qui avoit été bou-leversé sous le Ministère précédent, et fit voir bientôt, par une administration sage et ferme, de quelle conséquence est le choix d'un habile Ministre pour le bonheur des peuples.

200. Quand on est au milieu de Londres, dont la population seule égale celle de quel-ques États souverains d'Italie et d'Allema-gne, et que l'on visite en observateur at-tentif, le port, la douane, la bourse et les grands atteliers, on découvre aisément la source des richesses publiques et particu-lières de l'Angleterre. Le commerce et les manufactures y attirent l'or et l'argent de l'Amérique et des nations de l'Europe moins industrieuses. L'agriculture y est encoura-gée de manière à assurer au cultivateur le débit de ses denrées au-dedans et au-dehors, sans que le pays courre jamais le risque d'en voir augmenter le prix au préjudice de ses habitans. Une loi sage accorde une récom-pense à ceux qui exportent les blés, lorsque

ils sont à un certain prix dans les marchés publics. L'exportation vient-elle à en faire hausser la valeur, le Gouvernement vigilant la fait cesser ; outre que le cultivateur, ne recevant le prix proposé dans les tems d'abondance pour l'exportation, trouve plus commode et plus avantageux de vendre son blé chez lui que de le porter ailleurs.

201. Le docteur Letsom fut arrêté un jour par un voleur de grand chemin, qui lui témoigna un vrai regret de se trouver dans la nécessité de faire un si vilain métier. « Si cela est, » dit le Docteur, en lui donnant sa bourse, « et que vous vouliez » avoir de la confiance en moi, venez me » trouver demain ; nous concerterons en- » semble sur les moyens de vous faire par- » courir une autre carrière. » Le jeune homme va le lendemain chez le docteur Letsom, qui, après avoir causé avec lui, lui dit : « Seriez-vous d'humeur à servir » dans l'armée ? Le jeune homme répondit qu'il ne demandoit pas mieux. Le Docteur employa ses amis, lui procura une commission ; il se distingua dans le service, et mourut glorieusement en combattant pour sa patrie.

202. Philautos est généreux par boutades, libéral par vanité, charitable pour se débarrasser d'un sentiment pénible, que la misère excite en lui. Il admire un vice brillant ; la vertu lui fait pitié ; il s'engoue pour un roué.

203. On annonce Archonte dans un cercle ; il entre, la tête levée, l'air fier, d'un pas ferme et rapide ; il mesure avec hauteur ceux de la compagnie qui n'ont pas l'honneur de lui être connus. Il garde le silence, crainte de se compromettre. Tous les yeux sont fixés sur lui, car, à la plus belle figure, il joint l'air le plus noble ; et le sentiment profond qu'il a de sa grande naissance et de son rang, fait paroître cet air naturel en lui. Bientôt on le voit s'humaniser, il prend un air riant, caressant même pour ceux qu'il a dessein de distinguer, et finit par gagner les cœurs de ceux qui ne le voient qu'en public, et qui le trouvent très-aimable. C'est ainsi que je le jugeai d'abord ; mais un homme, assis à côté de moi, ne me permit pas de rester long-tems dans cette opinion. Vous voyez Archonte, dit-il, d'un œil trop favorable ; il n'est rien de ce qu'il

paroît être. Il a femme et enfans, et il en est le tyran. Il est magnifique en tout ce qui regarde sa personne, et d'une avarice extrême pour tout ce qui regarde les autres. Il dépensera des sommes considérables pour rebâtir et meubler son hôtel, en même tems qu'il refusera cent louis pour un de ses enfans dans le besoin. Son front se déride ici; mais si vous pouviez le voir chez lui sans en être vu, vous le trouveriez sombre, farouche, terrible dans sa colère avec ses domestiques, mécontent de tout, méfiant, n'aimant que sa personne, à laquelle il rapporte tout.

204. Lorsque je repassai par Turin, il étoit question d'un fait assez singulier qui venoit d'arriver, et que je ne puis m'empêcher de rapporter.

Le dernier jour du Carnaval de 1783, une Dame de Vigevano, place forte en Piémont sur les bords du Tesin, voulant donner un bal le Mardi-Gras, avoit prié le Gouverneur de lui envoyer quelques soldats pour maintenir l'ordre chez elle. Le Gouverneur lui envoya quatre grenadiers

du régiment de la Reine , auxquels cette
Dame fit présent d'un écu chacun , après
les avoir bien régalés pendant la nuit.

Les grenadiers, échauffés par le vin qu'ils
avoient bu , et se trouvant en argent, firent
la partie d'aller passer à Milan le reste du
Carnaval , qui duroit alors en cette ville jusqu'au samedi suivant. Aussitôt dit, aussitôt
fait , et sans considérer la conséquence de
leur démarche , qui n'étoit rien moins
qu'une désertion , ils passent le Tesin avec
leurs armes , et se trouvent dans le Milanois, alors infesté de troupes de bandits.
Ils marchèrent pendant toute la journée ,
et vers les quatre heures après-midi , aper-
cevant une ferme , ils demandèrent à être
reçus pour y passer la nuit. La fermière
leur fit bon accueil, leur dit que son mari
étoit allé avec son fils vendre son blé au
marché voisin , qu'elle espéroit qu'il seroit
bientôt de retour, qu'en attendant, elle les
prioit de se retirer dans la grange , et que
dès le moment qu'il seroit arrivé , elle ne
doutoit pas qu'il n'allât les chercher et ne
fût bien aise de leur donner à souper. Les
grenadiers se prêtèrent de bonne grâce à

cet arrangement ; et le fermier, revenu du
marché, et instruit par sa femme, va trouver ses hôtes, les fait entrer chez lui, et les
traite de son mieux avec la plus grande cor-
dialité. Vers la fin du souper on entend un
grand bruit dans la cour ; la fermière monte
en haut, regarde par la fenêtre, et descend toute alarmée, s'écriant : Nous sommes perdus, les bandits sont ici; ils auront
su que mon mari a vendu son blé, et ils
sont douze ou quinze dans la cour, menaçant d'enfoncer la porte, si on ne leur ouvre
aussitôt. Les grenadiers prennent leur parti
sur-le-champ : Brave homme, dirent-ils,
ne craignez rien. Vous nous avez bien reçus,
nous vous protégerons. Avez-vous des fusils ? J'en ai deux, répond le paysan. Eh
bien, prenez-en un, donnez l'autre à votre
fils, nous avons les nôtres; et que votre
femme ouvre la porte quand nous donne-
rons le signal que nous sommes prêts à tirer.
Cependant, les coups à la porte et les
menaces redoubloient, quand, au signal
donné, la porte s'ouvre, les bandits entrent
en foule, les fusils partent tous à la fois ;
cinq ou six des bandits tombent, les grenadiers en renversent d'autres avec leurs

baïonnettes, et font le reste prisonniers, les lient et les conduisent en triomphe à Milan. L'archiduc Ferdinand voulut voir ces braves soldats, et leur donna une bourse de cinquante sequins; on fit une souscription en ville pour eux. Ce ne fut pas tout. Le chevalier de Rhodes, Colonel du régiment de la Reine, étoit alors à Milan, selon l'usage de plusieurs Piémontois, qui venoient y prolonger le Carnaval; les grenadiers, réfléchissant à la faute qu'ils avoient faites, prièrent l'Archiduc d'intercéder pour eux. De concert avec le Colonel, on écrivit au roi de Sardaigne, qui leur fit grâce, et ils retournèrent à leur régiment, chargés de gloire et d'argent.

205. Le comte Woronzow, Ambassadeur de Russie à la Cour de Londres, m'a raconté que dans une province de Russie un homme, étant mort, fut porté dans l'église la veille du jour qu'il devoit être enterré. Selon l'usage, le mort étoit placé dans le cercueil à découvert; un prêtre, accompagné d'un enfant de chœur, passoit la nuit en prières à côté du mort; le lendemain on fermoit le cercueil, et l'enterré-

ment se faisoit. Après le service du soir, tout le monde étant sorti de l'église, le prêtre avec l'enfant de chœur viennent après souper, et pendant que le premier disoit les prières, il fut très-étonné de voir le mort sortir du cercueil et venir à lui. Effrayé comme on peut l'imaginer, il court au bénitier, et tout en conjurant le mort, il l'aspergeoit abondamment ; mais celui-là, sans égard pour l'eau bénite, se jette sur le prêtre, le terrasse, vient à bout de le tuer, et paroît se remettre dans le cercueil ; si bien que, le lendemain quand on entra dans l'église, on trouva le prêtre sans vie, et le corps du mort dans le cercueil. Tout ce que l'on put apprendre sur ce fait fut de l'enfant de chœur, qui, au premier mouvement du corps, étoit allé se cacher, de façon cependant à pouvoir être témoin en partie de ce qui s'étoit passé. On se perdoit en conjectures pour expliquer un fait aussi extraordinaire ; car comment croire qu'un homme sorti de son cercueil eût tué le prêtre, se fût remis dans le cercueil, et fût réellement mort ensuite ? Plusieurs années après, un scélérat, condamné à mort pour différens meurtres, et mis à la question pour l'obliger à confesser ses crimes, avoua qu'ayant conçu une haine implacable contre le prêtre en question, j'ignore pourquoi; il forma le dessein de s'en venger, et conçût pour cet effet le projet qu'il exécuta ainsi. Il saisit le moment que le prêtre étoit allé souper, trouva le moyen d'entrer dans l'église, tira le mort hors du cercueil, le plaça dans un endroit écarté, et se mit en sa place, habillé de même ; le prêtre tué, il remit le corps mort dans le cercueil, et sortit de l'église comme il y étoit entré.

206. Le docteur Misaubin, médecin François, étoit grand et fluet ; il eut un jour une querelle avec le docteur Cheyne, médecin Anglois, qui étoit l'homme le plus corpulent de son tems. Le différent fut porté si loin entre eux, qu'il fut résolu de le décider l'épée à la main, et ils se donnèrent rendez-vous pour cela dans les prés de Marybone. Arrivés avec leurs seconds, ils se mettoient en devoir de se battre, quand tout-à-coup le docteur Cheyne dit à son adversaire : « Alte-là, la partie n'est pas » égale ; je suis si gros que vous ne pouvez » pas me manquer, et vous êtes si fluet,

» que je ne pourrai jamais vous atteindre ;
» il faut pourtant égaliser la partie. » « De
» tout mon cœur, » dit le docteur Misaubin ; « il n'y a qu'à marquer avec de la
» craie la largeur de mon corps sur le vôtre,
» et tous les coups qui seront hors des deux
» lignes compteront pour rien. » Le docteur Cheyne ne goûta pas l'expédient ; les
seconds intervinrent, et l'on jugea que le
plus court étoit de ne pas se battre.

207. J'ai connu un savant à Paris, moitié
homme du monde, moitié homme de lettres, qui fréquentoit le matin le café de
Procope, et le soir les grandes sociétés ;
son nom étoit Cadet de Senneville. Il avoit
l'air empesé et fort avantageux, sur-tout
quand il montoit son beau cheval gris-pom-
melé, dont il étoit très-fier. Ayant eu querelle un jour au café de Procope, avec
un homme de lettres, qui, comme bien
d'autres, étoit un des piliers du café. M. Cadet de Senneville le somma de lui donner
satisfaction, et de se rencontrer le lendemain à telle heure au bois de Boulogne, et
sortit. L'homme de lettres, qui ne songeoit
à rien moins qu'à se battre, dit à la com-

pagnie du café : « Messieurs, si vous vou-
» lez vous trouver au rendez-vous, je vous
» promets de vous donner la comédie. »
En effet, ils ne manquèrent pas de se rendre
à pied au bois de Boulogne le lendemain.
Bientôt on voit venir de loin M. Cadet de
Senneville monté sur son cheval de parade,
qu'il faisoit piaffer et caracoler. Il attache
son cheval à un arbre, témoignant quelque
surprise de voir tant de monde assemblé ;
tous lui dirent qu'ils étoient là pour juger
des coups. M. Cadet se mettoit déjà en devoir de ferailler, quand son antagoniste,
sous prétexte de prendre une petite précaution, s'approche de l'arbre où étoit attaché
le cheval, le délie, saute dessus, et se tournant vers M. Cadet : « Adieu, Cadet, dit-il ;
» je suis venu à pied, et vous à cheval ;
» chacun a son tour ; je vais à cheval, et
» vous reviendrez à pied, adieu, Cadet ; »
et il pique des deux, aux grands éclats de
rire de toute la cotterie, qui trouvèrent
moyen de faire entendre la plaisanterie à
M. Cadet de Senneville.

208. Lord Evelyn Stuart, fils de lord
Bute, étant dans les gardes, portoit de

longues moustaches, et paroissoit ainsi dans la Chambre des Communes, dont il étoit membre. Un jour M. C—y lui dit : « Mi- » lord, à présent que la guerre est finie, » ne mettrez-vous pas vos moustaches *on* » *the peace establishment ?* » « Je ne sais » pas encore ce que je ferai, » lui répondit lord Evelyn ; « mais en attendant, je vous » conseille de mettre votre langue *on the* » *Civil List.* » C'étoit au milieu des débats sur le paiement de la liste civile.

F I N.

TABLE

DES MATIÈRES.

B.

C.

G.

H.

I.

J.

L.

M.

N.

O.

P.

Q.

Fin de la Table des Matières.

DE L'IMPRIMERIE DE BOSSANGE, MASSON ET BESSON.